逢魔が時三郎

井川香四郎

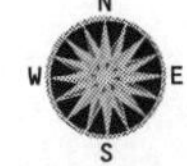

コスミック・時代文庫

この作品はコスミック文庫のために書下ろされました。

目次

第一話　仏の文治

一

北町奉行所の内玄関側にある用部屋には、見習(みならい)同心十数人が緊張した姿で正座をしていた。紋付き黒羽織姿であるが、いずれも十六、七歳の若い衆で、初々しい顔は紅潮していた。

一同の前には、名奉行と名高い遠山(とおやま)左衛門尉(えもんのじょう)景元(かげもと)が、貫禄ある凜(りん)とした姿勢で、ひとりひとりに対して、任命書を渡していた。町奉行所には、内役と外役、四十幾つもの役職があり、それぞれに与力がひとりかふたり、それに同心が数名、任命されていた。

此度は、二年から三年にわたって、各掛(かかり)で修業をした見習同心が一同に会し、遠山奉行自身が正式に任ずるのである。

同心には下から、無給の無足見習、見習、本勤並、本勤、添物書並、添物書、物書並、物書、年寄並、増年寄、年寄と十一の格があって、年季と実績で上がっていく。同心職は、一代抱えが表向きの原則だが、実際は代々の世襲である。それでも、本人の才覚や技量が出世の基準とされた。

十三、四歳頃に見習となった同心の子弟は、ずっと同じ役職に就くことが多い。それゆえ、先祖から伝えられた事務には熟達しており、生涯変わることなく次世代に連綿と繋ぐのであった。

この中に——大間徳三郎という今般、見習を終えて本勤並になる若侍がいた。他の者たちよりも、二つか三つ年上なのは、子供の頃、やや病弱なのもあって、無足見習になるのが遅れたからである。

しかも、その頃、父親が事件探索とは関係はないが、やはり重い病によって急死した。御家は継いだのだが、母親も幼い頃に死別しているため、しばらく出仕は休養していたのであった。

「大間徳三郎……これへ」

年番方与力筆頭に名を呼ばれて、徳三郎はハッと我に返ったように緊張した。どことなくひ弱な感じで、情けない顔つきなのは子供の頃からである。悪ガキ

らに虐められるようなことはなかったが、何処にいるかも分からぬような存在の薄さだった。それゆえ、

――そんな奴、いたっけなあ……。

というのが、他の見習同心たちの印象だったようで、「誰だ」とみんなに振り返られた。それで余計に、恥ずかしそうになった徳三郎は、

「はい……」

と消え入るような声で返事をして、奉行の前に進み出た。

間近で見ると、遠山奉行は威風堂々としている。偉丈夫な姿や堅固な意志の持ち主であろう顔だちに、徳三郎はすっかり萎縮してしまって、喉がカラカラに渇いていた。

「見習ご苦労であった。大間徳三郎、本日より、定町廻り同心本勤並に命ずる」

「えっ……」

驚いたのは徳三郎だけではなく、他の見習連中も同じであった。

たしかに徳三郎は、定町廻りだった父親を継いで、その掛で見習をしてきたが、人殺しや盗賊などの凶悪犯を探索し捕縛する〝強行班〟には、まったく不向きである。父親から、捕縛術などの指導は受けていたが、生まれつき不器用なのか、

ろくに縄も結わえることもできないし、剣術も稽古を一生懸命するわりには上達しなかった。

しかも、定町廻りは、他の隠密廻りや臨時廻りとともに、〝三廻り〟と呼ばれる同心専任職で、与力を介さず、奉行直々に命令を受ける立場である。それゆえ、同心の中では、花形の役職であり、他の掛の与力ですら一目置くほどだった。

「あの……拙者がですか……」

震える声で徳三郎が訊き返すと、遠山奉行はしっかりと頷き、

「父親に負けぬよう鋭意、鍛錬し、公務に励むがよい」

と大小、二本の十手を手渡した。

一本は一尺五寸の長いもので、捕り物の際には、相手の太刀を受け、致命傷にならぬ程度に攻撃し、敵の刀を払い落とす実践道具。もう一本は、ふだん腰に差して、定町廻り同心であることを分からせる十手だ。いずれも、黒色の房がついているが、手柄を立て、出世をすると、朱房や紫房へと変わっていく。

徳三郎は頭の中が真っ白になりながら、二本の十手を受け取ったが、意外にもずっしり重いため落としそうになった。「あっ」と言いながらも、なんとか両腕で抱え込んだ。

他の見習同心たちからは、予想外の人事に、実に残念そうな溜息が洩れていた。立派な大名並みの長屋門を出て、呉服橋を渡ると、任命式を終えた見習同心たちを迎えに来ている親兄弟や学問所の仲間などが大勢、わらわらと集まっていた。「よかったな」「いやあ、立派な姿で見違えるぜ」「明日から、また大変だな」「一生懸命、働くんだぜ」「頑張れよ」

などと思い思いの声が飛び交っている。

だが、徳三郎を出迎える者は誰もいなかった。学問所に通っていたときから、なんとなく孤立していて、少し話し下手というのもあって、昼餉のときなども、ぽつんとひとりで握り飯を食うことが多かった。

「――ああ……」

短い溜息をついて、雁が飛ぶ秋空を見上げたとき、

「徳三郎様あ！　若あ！」

と大声をあげながら手を振って、必死に駆け寄ってくる者がいた。

着物の裾を帯に挟み、ガニ股走りで近づいてきたのは、岡っ引の文治であった。

〝仏の文治〟の異名を持つ、徳三郎の父親に仕えていた者である。

岡っ引とはいっても、もう五十過ぎ、父親くらいの歳である。その年の割には

壮健な体で、一見して腕っ節が強そうで、頼りがいがあるが、やはり寄る年波なのか、その昔は韋駄天だったというのが嘘のようだった。

「申し訳ありません、若……ぜえぜえ……今日の宴会の仕込みやら何やらで、少々、遅れました。このとおりでやす」

文治は腰を折って、両手を膝にあて、深々と頭を下げた。その目が、徳三郎が手にしている二本の十手に止まった。途端、そのまま座り込んで、文治は急に泣きだした。

「うう……ううう……」

「ど、どうしたんだよ、文治……なんだよ、急に……」

「ありがてえッ。若は……徳三郎様は、お父上と同じ、定町廻りに任命されたのですね。ああ、ありがたいことだ。ねえ、大旦那……見てやっておくんなせえ。若はこうして、立派に定町廻り同心を、お引き継ぎなさいましたぜ」

雨乞いでもしているような姿で、大袈裟に文治は空を仰いだ。その顔に、ぽつぽつと小さな雨粒が落ちてきた。

「ほら、ごらんなせえ、若……天から、お父上も嬉し涙を流してやす」

「——いいから立てよ。人が見てるよ、恥ずかしいよ」

徳三郎は文治の肩を引っ張った。

「へえ……」

ゆっくりと立ち上がった文治は、橋の向こうにある北町奉行所の大門に、今一度、深々と頭を下げて、

「今後とも、お引き立ての程、何卒、宜しくお願い致します」

と感無量で挨拶をした。

岡っ引は奉行所内に入ることなどできず、町奉行は雲の上の人で、遠目に顔すら見ることができない。

町奉行とは現代で言えば、都知事、東京高裁判事、東京地検検事長、警視総監、消防庁長官を兼ねているような人物である。江戸の安寧秩序を与っている三千石の大身の旗本だ。そんな雲の上の人から、直に命令を下される立場の定町廻り同心という身に仕えられることを、文治は誇りに思っていた。

帰り道、文治はまるで露払いにでもなった気分で、「そこどけ」とばかりに、徳三郎の行く手を空けさせた。後ろからついていく、徳三郎の方が背中を丸めて、自信なげで情けない姿である。

「――それにしても、さすがは名奉行、遠山左衛門尉様だ。若のことを、ちゃん

と見ていたんですねえ」

「その若というのも、そろそろやめてくれないか……前々から言ってるだろ」

「どうしてです。若じゃないですか」

「わずか三十俵二人扶持の御目見得以下の御家人だ。若って感じじゃないし……」

「そんな卑下した物言いは、今後はくれぐれも謹んで下さいやし」

文治は諭すように言った。一人扶持とは、一日当たり五合の米の配給であるから、年間にして二十斗近くある。一俵四斗で、一石十一斗が相場だから、三十俵と合わせて、ざっくり十二、三石の実入りとなる。

「それだけの米を作るのに、お百姓がどんだけ汗水流してるか分かってるんですか。あっしは百姓の出だから言う訳じゃありやせんが、一粒一粒に八十八の神様がいなさるんですから、大事にして下さいやしよ」

「分かってるよ。何度も聞いたよ」

あっさりと返してから、徳三郎は本当に困ったという顔で十手を掲げ、

「俺はね、見習のとき、ずっと上役の人たちに、定町廻り同心には向いてないと申し上げてたんだ。上役同心も『たしかに全然、向いてない』って言ってくれたよ。だから、俺は吟味方か例繰方など、お白洲に関わる内役にと願い出てたんだ」

「……」

「なのに選りに選って、定町廻りなんて……一番、向いてない役職に……だから、鬱陶しいというか、どうしたらよいか分からないんだよ……もう同心なんて辞めようかな」

　ふいに立ち止まった文治の背中に、徳三郎はドンとぶつかった。

「急に止まるなよ」

「若……いや、もう一端の定町廻り同心だから、これからは旦那とお呼び致します。徳三郎の旦那……あっしはね、お父上の栄太郎様から、遺言で頼まれてんでさ」

「何をだ……」

「徳三郎様を立派な定町廻りに育てることをです」

「……」

「育てるなんて、おこがましいですが、大旦那様には、若い頃から、返しても返し尽くせねえ恩義がありやす。その恩に報いるためには、徳三郎様が一人前になって、立派な同心になるまで、見届けなきゃならねえ……それが、あっしに残された人生の御奉公なんでございやすよ」

「大袈裟なんだよ、おまえは……」

気が昂ぶると芝居がかった物言いと態度になる文治の癖を、徳三郎は小さい頃から見てきたので、よく知っている。もう何を言っても無駄だから、「そうか」と軽く頷いて、とりあえず従うしかなかった。

今宵の宴会が本当に鬱陶しいと、逃げ出したい気持ちだった。

二

京橋大根河岸の近くに、『おたふく』という料理屋があった。

料理屋といっても、割烹に毛が生えてる程度の店だが、場所柄、市場の者、商家の番頭や手代、出商い、職人、八丁堀の同心、町火消の鳶などで、そこそこ賑わっていた。

今日は店を貸し切りにして、二階座敷まで常連客を上がらせて、ドンチャン騒ぎの大酒盛りである。もちろん、主賓は徳三郎であり、上座に、仏像でも祀られるように座らされていた。

徳三郎の鬱陶しい気持ちは、晴れないままだった。そもそも酒があまり飲めないのである。にも拘わらず、宴席にじっと座っているのが苦痛であった。

「何を辛気臭い顔をしてんだ、若様」

「そうだ、そうだ。たまには俺たちに付き合って飲んだっていいじゃねえか」

「お父上は、けっこう飲んだが、まったく酔わなかったぞ」

「今日はめでたい日だ。さあさ、歌えや踊れや」

酒席に集まった者たちにとっては、飲む理由さえあれば、なんだっていいのだ。しかも今日は、太っ腹な町名主を兼ねている日本橋の呉服問屋『伊勢屋』のご隠居の奢りときてる。樽や笊ばかりの大酒飲みを招いて大丈夫かと、徳三郎も心配になる程だった。

それぞれの高膳には、鯛の煮付けや鮨から天麩羅まで豪勢に載っている。だが、みんな顔馴染みだから、大人しく自席に座ることはなく、あちこちに移動しながらの歓談で花が咲いていた。

徳三郎の前にも次々と「まあ一杯」と顔馴染みが来るものだから、小さなおちょこであっても、結構、酔いが廻っていた。

そこに、両手を広げるほどの大皿に、河豚の薄い白身を並べたものが、階下から届けられた。近所のおかみさん連中も手伝いに来ているものの、本当は若い女将と中年の板前、ふたりだけのこぢんまりした店なのである。

床が抜けそうな大騒ぎは、女将の桜の登場でヤンヤとさらに盛り上がりを見せた。

「皆々様、今日はお集まり戴いて、ありがとうさんに存じます。すっかり酔っ払ってますが、私の弟同然の徳三郎、そして私のお父っつぁん……あそこで、ひょっとこ踊りをしてますが……文治に成り代わりまして、厚く厚く御礼申し上げます」

と三つ指をついて挨拶をした。

拍手喝采はさらに盛り上がった。なぜならば、女将は『おたふく』という店名とは正反対、浮世絵から出てきたような絶世の美女だからだ。もっとも、『おたふく』とは〝お多福〟という意味であり、みんなに幸せになって貰いたいと願いつつ、料理を提供しているという。

まだ歳は二十四歳だが、キリッとした目鼻立ちに、男好きのする艶やかな唇、凜とした立ち姿に、気性の強そうな姐御肌の雰囲気がいい。店の客たちは、料理よりも、いつも華やいでいる桜を目当てに来る者も少なからずいた。

それに比べて、板前の寛次は四十に近いが、愛想というものがほとんどなく無口だ。しかし仕事だけはキッチリしている、いかにも職人気質だった。若い頃は、ずいぶんと文治を手こずらせた悪童だったそうだが、今はその尖ったものはほとんどない。

このふたりだけの店に、町方同心や岡っ引、町火消なども立ち寄るから、何となく周辺も治安が良かった。

宴もたけなわになった頃、町名主で『伊勢屋』のご隠居・幸右衛門が、客人たちの前に立ち上がり、

「ここいらで、一節、浄瑠璃を……」

と言いかけると、客人たちから「いらねえ、いらねえ」と文句が上がった。独りよがりの下手な義太夫の真似事に過ぎないと、誰もが知っているからだ。

「そんなのはいいから、若旦那。大間徳三郎様。ひとこと、頂戴しとう存じます」

誰かが大声で言うと、それがいいとやんやの拍手が湧き起こった。

周りの者に半ば無理矢理、立たされた徳三郎は、頭がくらくらしている。おちょこにして数杯も飲んでいないと思うが、足下も覚束なくなっている。

「ええ……大間……と、徳三郎……と申します」

徳三郎が言うと、「名前なんか、みんな知ってらあ」と野次が飛んだ。慕われているのか、からかわれているのか分からない、ほんわかした不思議な雰囲気が漂っていた。

「うんと……今日……思いがけず、定町廻り同心に……拝命されました……」

「それも知ってるよ。そのために祝っててんじゃねえか」

また茶々が入る。

「——ええ……本当は、内役の方が……性に合ってるんですが……遠山左衛門尉様から直々に……いや、本当にいいんですかね、俺で……って感じですが、いいんでしょうか」

ふらふらとしていて、立っているのもやっとのようだったので、周りの者たちもさすがに気を使って、

「大丈夫か、おい。寝かしといた方がいいぜ、やっぱり」

と座らせた。

膝が崩れるように尻餅をついた徳三郎を見ていて、父親とはまったく違う情けない姿に、客人たちは真剣に心配になってきた。

「ささ、もうひと盛り上がりいこう。今宵は無礼講だ。町木戸が閉まっても、チャンチキチャンチキやろうじゃありやせんか」

誰かが陽気な声を上げたときである。

ドドドッと階段を駆け上ってくる激しい足音が聞こえた。

「てえへんだ！　てえへんだ、文治親分！」

下っ引の五郎八が、這い蹲うように上がってきた。

「なんでえ。秋刀魚でも焦がしたか」

「奴らですよ。〝御免党〟一味が現れやした」

五郎八の髷は雨に降られて、ベッタリ潰れている。いつの間にか外は雨が降っていたようだが、宴会騒ぎの者たちは気付いていなかった。文治が手拭いを投げてやると、五郎八は顔を拭きながら、

「〝御免党〟ですよ。あいつら、また鉄砲洲に現れて、この雨の中、暴れ放題でさ」

と悲痛な声で言った。

鉄砲洲とは〝江戸湊〟の玄関口であり、日本橋川の支流、亀島川の河口付近を埋め立てて作られた町だ。東の対岸には霊岸島があり、船手頭・向井将監の組屋敷がある。荷物は江戸の沖合に停泊した五百石の大船から、艀や川船に移し、亀島川や八丁堀桜川などを通って、日本橋や京橋などに送られた。つまり江戸の暮らしの基幹である。

　その湊の周辺には、廻船問屋などの蔵がずらりと並んでおり、大勢の商人や人足たちで昼間は大層な賑わいだが、夜になると孤島のように静まりかえる。だ

が、そこには貴重な品々を置いておく蔵ばかりだ。盗賊たちに狙われて当然であった。

しかし、〝御免党〟の狙いは単なる盗みではなく、悪徳商人から金目の物を頂いて、貧しい人々に配るという義賊めいたものだった。だが実体は、逆らう者は「斬り捨て御免」と容赦なく斬り殺す。食い詰めの浪人集団であろうとのことだった。これまでも、数人の犠牲者が出ており、人殺し盗賊に他ならない。

これほど凶悪な一味を野放しにしていることで、町奉行所に批判が殺到しているかというとさほどではない。なぜなら、殺されたのは強欲まみれの悪徳商人がほとんどで、盗まれたであろう金品が実際に、貧しい人々にばらまかれているからだ。

とはいえ、捕縛できずにいるのは奉行所の怠慢と言われても仕方がない。公儀の威信に賭けて探索を続けていたが、まさに神出鬼没で、この半年程、手を拱(こまね)いているだけだった。

「よし、分かった。五郎八、おまえは下っ引を三十人ばかり集めて、鉄砲洲から鼠一匹逃がすな。ここには、徳三郎さんを初め、町方同心が五人もいる。鉄砲洲なんざ、すぐそこだ。今宵こそ、ふん縛ってやる」

息巻いた文治の体からは、すっかり酒が抜けたようだった。しかし、肝心の徳三郎は、壁に凭(もた)れてうつらうつらしている。

「徳三郎の旦那。初手柄を挙げる千載一遇の機会ですぜ。さあ、参りましょう」

文治が起こそうとするが、徳三郎はむにゃむにゃと言って、くらげのように揺れているだけだ。

「旦那。しっかりしなせえ」

他の者たちも酔っ払っていながらも、無理にでも手柄を立てさせようとの気遣いから、体を支えて立たせようとしたが、すっかり眠り惚けていた。

「仕方がねえ。この際、田原(たはら)の旦那。あっしと一緒に来て下せえ」

田原と呼ばれた中年同心は、定町廻りではない。高積見廻改(たかづみみまわりあらため)である。この役職は、町々や河岸などの大店の前に積み上げられている荷物が、崩れることのないように取り締まる。転落して往来する人が怪我をしないように、制限されている高さに従って注意喚起する役目だ。

「俺はその……荷物を見張るのが精一杯で、ほら……」

やはり酔っていて、あまり要領を得ない。同心は他に三人いたが、みんなは裃(かみしも)を着て出仕して、算盤を弾いたり書類を整理する内役ばかりである。〝御免党〟

と聞いて、むしろ尻込みしていた。

だが、高積見廻改は外役ゆえ、一応、黒羽織に着流しの、いわゆる町方同心姿である。捕り縄十手こそ持っていないが、見た目は定町廻りと変わらない。

「いいから、田原の旦那。その格好だけでいいから、お付き合い下せえ」

「いや、しかしな……」

「高積見廻改といえば、ただ道端の材木や薪炭、積んでる商品が崩れねえよう検分するだけじゃなくて、盗賊や騙(かた)りの類を見張る役目もござんしょ」

「まあ……盗まれぬよう見張ることもあるが、押し込みを縛る権限はない」

「でも、閑職と言われる旦那方が廻るだけでも、防止にはなってるんです。いざというときは、その身を賭(と)して賊をとっ捕まえることもありやすよね。そこから定町廻りや臨時廻りに栄転した旦那方もけっこうおりやす」

「別に俺は栄転など……丁度、いいのだ。それなりに袖の下もくれるしな」

「旦那。一刻を争うことですぜ」

文治の目つきが俄(にわか)に険しくなった。〝仏の文治〟どころか、時に〝鬼の文治〟に変貌することもある。

「他の旦那方も、せっかくの宴会ではありますが、内役であっても早く御番所に報せて、隠密廻りや定町廻り、捕方などに応援をお頼み致しやす」

北町奉行の遠山にも、その名を知られている岡っ引に言われれば、無下に断ることもできぬ。田原は仕方なさそうに立ち上がり、眠っている徳三郎を見下ろして、

「おまえの親父さんには色々と世話になったから、まあ祝いの日でもあるし、手伝うのは今夜だけだぞ。俺は腰が悪いんだからよ」

と、ひとりごちて文治に促されるままに表に出た。

表は雨脚が少し強くなっていた。番傘をささねばずぶ濡れになるであろう。文治は頬被りひとつで飛び出していったが、田原は溜息をつきながらも、

「田原様。どうぞ、宜しくお願いします」

と桜が差し出す傘を、にやけた顔になって手にするのだった。

三

鉄砲洲の由来は、寛永の頃、大筒(おおづつ)の町見(ちょうけん)を試した所だからである。形が鉄砲に似てるとも言われるが、天保の今は埋め立て地だとは分からないくらい武家屋敷

や民家が広がっている。

本湊町、船待町、十軒町、明石町を擁する南北八丁程ある海辺の町だった。並ぶ家屋敷や蔵からは想像できないほど、近くの海浜は釣り場の名所で、季節によって鱚(きす)や鯊(はぜ)、鰈(かれい)などを目当てに、昼間は釣り人で溢れかえるほどだ。

かような所に盗賊が出没するのは、やはり数ある蔵が狙いである。町木戸や自身番もあり、大店は蔵を厳重に錠前などで閉じ、盗っ人を防ぐための〝忍び返し〟を付けている所もある。それでも押し入るのは、盗んだものを船に積み込み、難なく沖に逃げることができるからだ。

船手奉行所なども警戒しているはずだが、今宵のような雨の日を狙われては、捕縛するのも難しかった。

文治が田原を連れて駆けつけてきたときには、すでに五郎八はざっと三十人の下っ引とともに、ある大きな蔵の周辺の細い路地や天水桶の陰などに潜んでいた。

ここは八丁堀からも近い。町方与力や同心の組屋敷と知られる八丁堀には、自身番とは別に、〝当番会所〟と呼ばれる番小屋がある。ここには、いつ役人から応援を頼まれてもいいように、常に十数人が詰めている。泊まりの者たちもいる。

常駐しているといえば世間体はいいが、実のところは、仕事にあぶれて遊んでいるような連中が集まって、花札や賽子転がしをして、手慰みをしているのがほとんどだった。

　きちんとした日当があるわけではないが、ここにいる限り食うには困らない。しかも、御用の筋に関わる岡っ引や下っ引だから、悪さをするわけではない。この会所があるから、意外と治安が守られていた。そこに詰めていた連中が、こぞって五郎八についてきたのだった。

「——文治親分、こっちですぜ」

　潜めた声で手招きする五郎八の方に近づくと、文治の目も燦めいた。

　すぐ目の前の蔵の天井近くにある格子窓から、微かに龕灯の明かりが洩れている。龕灯は正面だけを照らし、持っている者の顔が見えないため強盗が押し入る際によく使われていた。

「盗っ人めが……目にもの見せてやる」

　文治は真鍮の十手を握りしめた。徳三郎の父親・栄太郎から貰ったものを、今でも大切に使っている。岡っ引の持つ十手は、〝私製〟であるため、町奉行所から同心が拝領するような朱房などはついていない。だが、栄太郎から貰った十手には、『文治』と名が刻まれていた。

「ここは廻船問屋『南海屋』の蔵だ」

文治の背後から、田原がポツリと言った。

「さすがは、高積改ですね」

「昨日も来たばかりなのだが、主人の仙右衛門は聞き分けが悪くてな、二間より高くしてはならぬ、岸辺からも三間を越えて幅を取るなと命じておるのに、何十回言っても少しも改めようとせぬ」

「そんな話は今、いいですから、傘を畳んでこっちへ……目立ちますから、早く」

手招きする文治に従って、蔵の屋根の下に入ったものの、雨樋が壊れているのか、滝のように雨が落ちてくる。

「まったくよう……」

文句を垂れる田原だが、さすがに蔵の中に人の気配がすると、酔いも覚めて背筋もピリッとなった。

「徳三郎様から聞いてますよ。田原様は何事にも厄介そうな顔をしてるけれど、本当は小野派一刀流の免許皆伝の腕前で、立身流の居合いにも熟達しているとか」

「いや、実戦はしたことがない」

「でも、イザとなればお頼みしますよ。相手は浪人集団ですが、こんな盗みをする奴らなんで、どうせヤットウの方はなまくらだ」

「どうだかなあ……」

田原は滴り落ちる雨と盗賊の気配の両方が気がかりで、落ち着かない様子だった。

しばらく様子を見ていると、下っ引のひとりが駆けてきた。

「文治親分……蔵の表の鍵はこじ開けられてましたんで、逆に閉めてきました。これで、奴らは蔵から出られないと思いやす」

「そうか、よくやった。相手が慌てるのが見物だな」

盗賊は何人いるかハッキリとは分からないが、文治は蔵の中にいるのは四人だと踏んでいた。そのことを田原に伝えると、

「どうして分かるのだ」

「今日は幸い……てか、雨ですんでね。蔵の入り口や廻りに足跡がついてやした。違った形のものが四つ……でも、〝御免党〟のいつもの手際よさからいけば、その倍はいるかもしれやせん」

「倍……八人か……」

「荷物を運ぶ役や船を操る奴らも含めてのことです。しかし、今日は蔵の裏手や

近くには、それらしき艀なんぞは見当たらねえな」

文治が少し不安な顔になると、暗い中で田原が唸った。

「八人か……ちと厳しいな……」

「何がです」

「大捕物になったら、こっちは三十人余りいても、刀を持った侍が相手となれば、犠牲が出る。やるなら奉行所からの応援を待ってからの方がよさそうだな」

「ま、そうですが……敵の出方次第ですね……雨音のせいで、奴らは俺たちのことも気付いてないようですぜ。明かりを灯したまま、せっせと金目の物を集めてるようだ」

蔵の扉が閉じてあるものの、他の出口や隠し部屋、その通路などがないとも限らない。荷物が盗賊に奪われないための仕掛けであるが、それを逆手に利用するかもしれないから、蔵の周りは隙間なく、下っ引らが潜んでいた。

しばらく様子を窺っていた文治たちだが、四半刻程経っても、賊たちが出てくる気配がなかった。その間に、町方中間や捕方らも二十人程が集まっていた。これで総勢五十人。捕り物としても大がかりである。

先頭に立つのは、定町廻り同心筆頭の黒瀬光明(くろせこうめい)である。身の丈六尺二寸という相撲取りのような大柄だが、引き締まった体つきは武芸者そのものだった。徳三郎とは大違いである。

「――文治。おまえは大したもんだが、若旦那は酒で潰れてるらしいな」

嫌味な目つきで囁くのを、暗がりの中で文治は聞いていた。

「あ、いえ……こうして取り囲んだのですから、徳三郎様が出張るまではないかと」

「この俺まで呼びつけておいて、一番の下っ端が高見の見物ってわけか」

「そういう意味じゃございやせん。これだけの大捕物。黒瀬様に陣頭指揮を執って貰わないと、尋常に事が進まないと思いやして」

「調子のいいことを言うな。まあいい。〝御免党〟ならば、北町の勝ち星だ。こんな大手柄、南町に渡してなるものか」

敵愾心が異様なほど強いが、これが黒瀬の底力となって、これまで何度も大物を召し捕ってきた。今宵も将棋で言えば、〝詰めろ〟まで来ていた。

ガタッと扉の音がした。何度も中から開けようとしているのが分かる。そして、俄に騒然となった声で、

「おい。誰だ、閉めやがったのは！　開けろ。このやろう！　誰だ、こら！」

と怒鳴った。

それを見極めた黒瀬はニンマリと文治に頷いて、手にしていた差配代わりの〝弓折れ〟を振った。すると、捕方が一斉に出口の前に円陣を組むように立ちはだかり、それを補うように下っ引たちが身構えた。

文治が目配せをすると、五郎八が蔵の扉の前に行き、錠前の鍵を外すと、中から勢いよく男がふたり出てきた。いずれも羽織を着た町人姿である。

「御用だ！　御用だ！」

捕方たちは有無も言わせる間もなく、一斉に取りかかり、手際よく押さえつけると、ふたりを同時に縛り上げた。さらに他の捕方や下っ引たちは蔵の中に踏み込んで、他の仲間たちを捕まえようとした。

だが、蔵の中には他に誰もいなかった。いや、手代風の若いのがふたりいたが、恐れおののいて、しゃがみ込んでいた。蔵の中は荷物などを荒らされたり奪われた形跡もない。それでも、他に仲間が潜んでいるかもしれないため、逆襲を警戒しながら隈無く賊の姿を探した。

地面に俯（うつぶ）せに押さえつけられていた羽織姿が悲痛な顔で、喘ぎ声を上げた。

「こ、これは……な、何の真似ですか……田原様……ねえ、田原様」

泣きつく姿の男を見て、田原はエッと吃驚（びっくり）した。

「おまえは、『南海屋』ではないか」

「は、はい……そうでございます……主人の仙右衛門です。こっちは番頭の伊兵衛（いへえ）です。後のふたりは手代でございます。ど、どうかお放し下さいまし」

哀願する仙右衛門の前にしゃがんだ田原は、その顔をもう一度、まじまじと見て、

「たしかに、仙右衛門だ」

「そりゃ私は何度も、田原様の指示に従いませんでした……でも、積荷くらいのことで、ここまで……あんまりじゃないですか」

「積荷くらいとはなんだ。それが崩れて人が死んだら、死罪だぞ」

「そ、それにしても……やりすぎでは……」

「どういうことだ。こんな刻限にこんな所で何をしてたのだ」

田原が、仙右衛門と伊兵衛を座らせたとき、少し離れた所から、文治が叫んだ。

「ああ！　やられた！」

「どうした」

駆けつけてきたのは黒瀬の方だった。

文治が海の方を指さすと、宵闇と雨でほとんど見えない波の上を、盗んだ物を積んでいるであろう艀が沖へと向かっていた。

「黒瀬様。船手の方にも報せた方がよさそうですね」

「黙れッ」

不機嫌に怒鳴って、十手で文治の胸を突いた。

「まったく、どいつもこいつも！」

苛々が爆発する黒瀬を取り巻くように、五十人余りの捕方や下っ引たちが、強くなった雨の中で呆然と立っていた。だが、文治だけは無駄と知りつつも、逃げていく船を追うように船着場まで駆けていき、大声で「待てぇ」と叫んでいた。

四

翌日、北町奉行所の同心詰所では、徳三郎の失態が槍玉に上がっていた。ただでさえ小心者なのに、定町廻り同心の上役たちに取り囲まれて、針の筵（むしろ）だった。

「も、申し訳ありません……」

徳三郎はとにかく謝るしかないと思って、ひたすら平伏していた。

その周りには定町廻り同心筆頭の黒瀬はもとより、加藤有作、小野仁兵衛、岸川正悟、橋本道尚が取り囲んで、厳しく叱責していた。同心詰所から、年番方与力などが詰める部屋は庭を隔てているが、罵倒する声が筒抜けであった。

「謝って済むなら、奉行所はいらぬ」

冷ややかに吐き捨てる黒瀬は、何が気に食わないのか、徳三郎のことまで目の敵にするような態度だった。

それは無理もないことであると、他の同心たちは察していた。徳三郎の父親・栄太郎が健在だった頃は、定町廻りの筆頭同心を十年程勤めており、それゆえ黒瀬が出世を逸していたからである。

定町廻りを長年勤めると、隠密廻りに〝昇格〟し、定町廻りを指導する立場になる。もっとも、それは形式的なもので、実質は隠密探索という、いわば市中にあって情報収集をする仕事だ。つまり、よほどの非常時でない限り、殺しや盗みの探索をすることはない。栄太郎はあくまでも現役に拘ったがため、黒瀬の出鼻が挫かれたのだ。

いまだにその思いがあるのか、関係ない息子の徳三郎に八つ当たりしていた。このような虐めにも耐えられなかったから、他の役職を嘆願していたのだが、奉行の命令で定町廻りに残されたのである。

「おまえが酒に酔って寝ている間に、何十人という者が無駄足を踏んだのだ。非番の俺までが駆り出されたのにな」

「申し訳ありません……」

「それしか言葉がないのか。もう少しマシな言い訳をしてみろ」

黒瀬が詰め寄ると、しばらく黙りこくっていた徳三郎だが、ハッと顔を上げた。いかにも何か言いたげな目だった。

「なんだ。文句があるなら言ってみろ」

「――実はあの後……文治が船の行く先を調べに行ってて、明け方に帰ってきたんです。ええ、私はまだ『おたふく』で寝てたのですが、起こされましてね」

「だから、なんだ」

「文治は船着場にあった余所様の小舟を勝手に拝借して、五郎八とふたりで、とにかく盗っ人一味とおぼしき艀を追いかけたそうです。ところが、見失ったんです……船手奉行所の近くで」

船手奉行所とは、中川船番所が東国からの船荷を検査する関所ならば、西国から渡ってくる船荷を調べる所である。公儀船手頭の向井将監の支配下にあるものの、今でいう水上警察のように、江戸湾内の沿岸を警備する役目もあった。

「結局、船は見失ったのですが、船手奉行所は、鉄砲洲の端っこにあります。でも、出先は品川宿から、東の方は葛西近くにもあるんですよ。ええ、私も何度か見習の時に行きました」

「だから、なんだってんだ」

「船手奉行所の近くで見失ったということは、船手与力なり同心も、もしかして関わっているのではないか……って言うんです」

「文治が、か」

「はい。ですから、黒瀬様も、船手奉行所に様子を見に行って貰えませんか」

「バカも休み休み言え」

黒瀬は鼻をヒクヒクと動かして、

「おまえな。町奉行所は陸の上、船手は海の上。きちんと縄張りがあるんだ。むろん、〝御免党〟らしき一団を見かけなかったかとは、すでに問い合わせているが……おい、船手に盗賊の仲間がいるだなんて、よく言えるな」

「でも、文治がそう疑ったんです」

「文治文治って、おまえは岡っ引がいないと何もできねえのか」

「申し訳ありません」

また徳三郎が謝るのを、黒瀬は睨み返して、

「いいか。もし海の上で、何か事件があって、その咎人が陸に逃げたとしてだ、『町奉行所同心が関わってるんじゃねえの』って疑われたら、どう思うよ」

「関わってないと証明します。一緒に、賊を探します」

徳三郎に正論を返されて、黒瀬は一瞬、口ごもったが、同じ役人仲間を疑うのではないと罵るように言った。だが、徳三郎は恐縮しながらも、後一言付け加えた。

「でも、船手は協力しないと言ってきてますよね」

「まだ、ハッキリとは……」

「少なくとも文治は追い返されました。文治も船手奉行の戸田泰全様や船手与力の井本雄次郎様も存じ上げてます」

船手奉行は〝奉行〟と呼ばれているものの、牢屋奉行と同じで、身分は船手頭配下の与力扱いである。

「ですので、お尋ねしたいと申し上げたところ、三倉とかいう船手同心の方に、追い返されたそうです。五十人余りの捕り物から逃げた盗賊で、しかもこれだけ

世の中を騒がしている〝御免党〟ですよ。なのに、『知らぬ。帰れ』って言いますでしょうか」

懸命に話す徳三郎を睨みながら、

「――なんだ、おまえ自棄にスラスラ喋るじゃねえか……やはり口で稼ぐ吟味方の方が向いていたようだな……」

「ありがとうございます」

「誉めてねえよ」

「で……」

徳三郎は他の仲間の同心たちも見廻しながら、自説を話し続けた。

「黒瀬様が雨の中、わざわざ来たのにバカバカしいと帰った後です。高積改の田原様は近所を調べて廻りました。あの辺りは庭のようなものだってね。そしたら……」

「そしたら」

年配の細身で知的な風貌の加藤が身を乗り出すのを、黒瀬は不愉快な顔で見ている。

「あの『南海屋』の主人と番頭の話では、事件が起こる一刻程前に、『おまえの店の鉄砲洲の蔵の大事な物を頂戴する』という脅し文が、日本橋の店の方に届いたらしいのです」

「脅し文……」

「はい。吃驚した仙右衛門は、〝御免党〟に狙われたら殺されるかもしれない。その前とはいえ、大事な売り物をゴッソリ持っていかれてはたまらないと思い、その前に調べに行ったそうです。そして、蔵の中で絶対に盗まれては困る物は、鎖で結わえて鍵をかけたりして、盗まれないように細工をしていたそうです」

「それで、蔵の中から明かりが漏れていたのだな」

中堅所の厳つい面構えの小野が問い返した。

「そうです。でも、それは……〝御免党〟の罠にまんまとハマったのです。鉄砲洲に現れた賊はてっきり、そこに入ったと我々は……といっても私はいませんでしたが……思い込んでしまったのです」

「つまり、それは町方や岡っ引を引き寄せる罠で、賊たちは他の蔵を狙って、盗んでいたということか」

やはり中堅所の小肥りの岸川が饅頭を食いながら訊くと、徳三郎は大きく頷いて、

「敵は町方が『南海屋』の蔵を張り込んでいる間に、わずか三丁程離れた『日向屋』という同じく廻船問屋の蔵に忍び込んで、せっせと運び出していたんです」

と説明をした。

「この『日向屋』は以前も押し込まれたことがありますが、お上に届け出ませんでした。長崎から流れてきた御禁制の品を、沢山、抱えていたからです。〃御免党〃はそのことを承知で狙ったのでしょう」

すると、最も若手の生真面目そうな橋本が首を傾げて、

「しかし、そんな厄介なことをせずとも、黙って狙いをつけた蔵に押し入れば、済む話じゃないのか。一歩、間違えば、自分たちが一網打尽になりかねない」

と言うと、徳三郎は首を左右に振った。

「逆ですよ。御用の目を引きつけておいた方が、〃仕事〃をし易いそうです。しかも、遠い所だと、別の縄張りの者たちが来るから、同じことですからね。盗みのイロハらしいです。でも、〃御免党〃がその手を使ったのは、此度が初めて。しかも、雨になったのはたまさかのことでしょうから、我々よりも、賊にとっても、気配などを消せた……悪運が強い奴らですね」

「――だから、なんだ」

黒瀬が却って鋭い目つきになって、徳三郎をまた睨みつけ、

「盗っ人に讃辞を与えたところで、何の解決にもならねえ。こっちがバカにされただけのことじゃないか」

「はい。ですから、黒瀬様にお願いがあります。今一度、船手奉行所を当たってみてくれませんか。裏には、盗んだ御禁制品を捌(さば)ける奴らがいるってことです」

「――おめえよ……」

「あ、はい」

「嫌々、定町廻りになんたんだろ。どうして、そんなに偉そうに俺に命令するんだ」

「まさか、そんな……お頼みしているのです」

徳三郎は首を竦(すく)めて、上目遣いになった。だが、他の同心たちも、徳三郎の言い分にも一理あると賛同した。黒瀬は腹立ち混じりにチッと舌打ちして、

「どうせ、文治の入れ知恵だろうが。おまえがそこまで考えられるものか」

「おっしゃるとおりです」

と思わず言ってから、徳三郎は口を押さえた。

「だったら、おまえが勝手にやればいい。俺たちに迷惑をかけぬよう、定町廻り

同心らしく、てめえで動けよ。俺たちは、ひとりひとりが、てめえの信念で探索してるんだからよ。それが定町廻りの掟だ」

「あ、そうなんですね……では、不安ですが、そうしてみます……」

曖昧な言い草で、徳三郎は頷くしかなかった。他の同心たちは、黒瀬の顔色を見ているのか、賛同した割りには知らぬ顔だった。

五

船手奉行所は以前、鉄砲洲稲荷に隣接してあったが、今は品川寄りの新しい船着場の側にあった。昼間は、江戸湾越しに房総の山々、振り返れば富士山、その両方を眺められる風光明媚な所である。

奉行所といっても、いわば船手組の出先であるから、冠木門はあるものの船番所に毛が生えた程度のものであった。

徳三郎が、文治と一緒にこの門を潜ったのは、事件が起きてから三日後のことだった。その間、文治なりに色々と調べることがあったからである。自分も鉄砲洲では賊に騙されて下手を踏んだわけだから、どうしても起死回生の一手を打ちたかった。

「いいですね、徳三郎様……若、いえ旦那は、どっしりと構えて、その十手を見せているだけでよろしいんです」

話はぜんぶ自分でつけるから、徳三郎は余計なことは言わずに立っているだけでいいという。それでは様にならぬではないかと、徳三郎は反論したが、相手もまだ若造だと舐めているから、少し様子を見るとのことだった。

相手とは、三倉甚兵衛という船手同心である。さすがは、「板子一枚下は地獄」の船上で仕事しているだけあって、日焼けをした猛者らしい体つきで、隙のない目つきだった。

「――また、おまえか。文治……」

三倉は面倒臭そうに頬を歪めたが、文治はいつものように腰を折って、

「今日は挨拶に参りました。あっしの新しい旦那、大間徳三郎様でございます。先日、北町奉行・遠山左衛門尉景元様より直々に、十手をお預かりいたしました」

と言った。

殊更、遠山左衛門尉の名前を出したのを、三倉は苦々しい顔で聞いていた。

実は、三倉は以前、北町奉行所にいたのだが、ちょっとしたヘマをやって、船

手に廻されたのである。船手の仕事は厳しいので、遠山が向井将監に預けただけなのだが、海の仕事が性分に合ったのであろう。長らく船手奉行所に居着いていた。だから、文治のこともよく知っているのである。

「大間栄太郎様のご子息だってな。まあ、大変な勤めだが、頑張るがよかろう」

と当たり障りのないことを、三倉は言った。

「以後、お引き廻しの程、宜しくお願い致します」

「お引き廻しねえ……」

三倉が苦笑すると、文治は直截に訊いた。

「この前も、お尋ねしましたが、〝御免党〟とは関わりありやせんよね」

「ない。その話なら、もうよい。こっちも暇じゃないのでな」

「ですがね、旦那がよく〝御免党〟の者と一緒にいるって話を聞いたんですよ」

「おいおい。藪から棒になんだ……」

「正直に話してくれた方がいいと思います。別にあっしは、三倉の旦那が悪いことに加担しているなんてことは思ってません。ですが、知らない間に、〝御免党〟の一味が近づいてきて、利用されてることはあり得ます」

「……」

「だから、自分の周りに妙な連中がいないか、今一度、よく考えて貰いたいです」

丁重な姿勢ではあるが、文治の言い草は、あきらかに「おまえは何かを知っている」とぶつけているも同然だった。

三倉の方も、定町廻りではないが、同じ北町奉行所にいた徳三郎の父親が、奉行が一目置くほどの同心であったことは承知している。その右腕と言われた文治が、何を考えているかくらいは、想像できた。

「そうやって、俺を試しているのだろうが、文治……無駄なことだ」

「そうでやすかね」

「ああ。俺は毎日のように、船で沖に出て、西廻りの船荷を改めたり、不逞の輩が沖で抜け荷をしないか見張ったり、危ない操業をしている釣り船を追っ払ったりしているだけだ。盗っ人に関わる暇なんぞないよ」

落ち着いた声で三倉が言うのを、徳三郎もじっと窺っていた。文治はそれでも食い下がるように、

「では、お訊きしますが、一昨日、柳橋の船宿『蒼月』で会ってた浪人は、何処のどなたでございますか」

「知らぬ。そんな所には……」

「行ってるんです。女将に確かめてます。それでも別人だと言い張るなら、これをお渡ししましょう……」

　螺鈿が埋め込まれた高級な煙草入れと、金縁の煙管を差し出した。

「座敷にお忘れになってました。その浪人から以前、貰ったものらしいですな。失礼ながら、二十俵一人扶持という、町方同心よりも安い報酬で手に出来るものじゃありやせん」

「……」

「へえ。あっしは昔、骨董商もしてたことがあるので、物の値打ちくらいは分かります。それにね、三倉の旦那……」

　文治は真剣なまなざしになって、

「人間てなあ、一度、つまらぬことに手を染めると、癖になっちまうんですよ。例えば、掏摸なんかでも繰り返すようにね」

「何が言いたい……」

「旦那は以前、ちょっとした盗っ人逃す見返りに、金を受け取った。今般はちょっとした盗っ人どころじゃありやせん。人殺しまでしてる連中です。幾ら貰ってるのか知りませんが、正直に話した方が、旦那の身のためになると思いますよ」

「いい加減にしろ！」

三倉は感情を露わにして怒鳴りつけた。

「さっきから好き勝手な御託を並べやがって……俺が何処で何をしてようと、てめえらには関わりねえ。俺が〝御免党〟と関わりあるなんてぬかすのなら、証拠を持ってこい。こっちも御家人の端くれだ。岡っ引ふぜいが偉そうにぬかすな」

「……」

「それから、大間徳三郎さん。あんたも一端の同心になったのなら、こんな年寄りをこき使わないで、自分の手先を雇うがいい。この古株の岡っ引といる限り、あんたは親父の七光りで御用を勤めてるって、世間に広めているようなものだ」

言うだけ言って、三倉は背を向けて、船着場の方に立ち去った。腹が立っていることは、歩き方からも伝わった。

「三倉の旦那。忘れ物ですよ」

煙草入れを掲げたが、三倉は振り返りもしなかった。

「――旦那、見ましたかい？」

文治が苦笑すると、徳三郎は困惑したように首を傾げて、

「親の七光り、か……そうだなよあ」

「七光りだって、いいことに使えばいいんですよ。それより、三倉さんの態度。人間てなあ、本音を突かれると激昂するんでさ」

「しかし、肝心なことは何も言わなかった。これ以上、突っついても白を切られたら、しょうがないんじゃ……」

「ですがね、まずいとは思ってるはずです。あっしは、まだ他に出してない証拠もありますから、いずれ向こうから何か仕掛けてくるでしょうよ」

「何だい、証拠っていうのは」

「まあ見ててご覧なさい。細工は流々仕上げを御覧じろってね」

　なぜか余裕のある文治だが、徳三郎は一抹の不安を覚えていた。何か悪いことが起きる予感めいたものが、胸中に芽生えた。

　そんなふたりを——。

　門外にある船荷人足たちが溜まり場にしている茶店から、黒っぽい着物を着た浪人がふたり、さりげなく徳三郎と文治を見ていた。いずれも何処にでもいそうな痩せ浪人である。

「厄介な奴が出張ってきやがったな」

「どうする……」

「いざとなりゃ、三倉を消すか、文治たちが死ぬか、だな」

醜く歪むふたりの浪人のことなど、まったく気付いていない様子で、徳三郎と文治は潮風がきつい道を帰っていった。

六

その夜、徳三郎は『おたふく』で遅い夕餉を取っていた。

白木一枚板の付け場には、京の〝おばんざい〟のように皿に盛った魚の煮つけや焼き物、菜の物の和え物、里芋の煮っ転がし、押し寿司などが並んでいる。徳三郎はそこから、適当なのを見繕って貰って、美味そうに食べていた。

厨房では、桜が汁物を用意したり、寛次が鰻を焼いたりしていた。甘辛い鰻の蒲焼きの匂いがぷんとしてきて、徳三郎は思わず涎が出てきそうになった。

「遅いわねえ、お父っつぁん……」

桜がさりげなく言うと、寛次がほとんど蒸し上げた鰻をひっくり返し、

「大好物なのにねえ。いつもは鰻を焼いてりゃ、何処にいても飛んで帰るのに」

と小さな声で言った。

「それにしても、徳さん、ようござんした」

寛次が改まった顔で、焼きながら徳三郎に言った。

「文治親分はあれで結構、照れくさがり屋でしてね、徳さんには言わないかもしれねえが、町中に自慢して廻ってるんですぜ」

「え、何をだい」

「何をって、徳さんのことをですよ。まるで自分の息子のように自慢ばかり。頭も切れるし腕も立つ。父親以上の同心になるに違いないってね」

「まさか……誰からも誉められたことなんかないよ」

徳三郎が自嘲すると、桜がビシッと年上の姉貴っぽい口調で言った。

「その卑下する癖はやめなさい。小さい頃から、どうせ俺は何をしてもだめだ……なんて言う癖があったけど、よくない。此度はちゃんと拝命したんだから、それが自分の生きる道だと腹に据えなさい」

「でも、本当に何も……鬼ごっこしても隠れん坊してもすぐ捕まったし……」

「今度は捕まえる立場じゃない。せいぜい気張るんだね」

「桜さんは強いから……」

「こら。女に向かって強いなんて言って、喜ぶ人がいると思ってんの」

「だって、腕相撲だって駆けっこだって、木登りだって……到底、叶わなかったし」

「いつの話してんのよ。四つも年上なんだから、子供の頃なら、こっちが凄いに決まってるじゃないさ。それにさ……」

「それに……?」

　何か期待するような目で、徳三郎は桜を見た。その顔つきは、どことなく〝姉〟というより、惚れた女を眺めるような様子だった。包丁を捌(さば)いていた寛次は気付いたようだが、桜はまったく感じていない。

「もう立派な大人なんだから、そんなふうにいじけたような面はやめるんだね。でないと、お父っつぁんが可哀想だよ」

　桜は椀ものを差し出して、

「あんたを一人前の同心にするって、毎日のように、お父上の墓前で手を合わせてるんだよ。実の娘の私のことなんかより、徳三郎さんのことを大事に思ってる。小さい頃からね」

「いや、そんなことは……」

「そうなんだよ。だから、早く一番手柄を立てさせたい。それが、お父っつぁんの生き甲斐なんだから、報いてやってね」

「――嬉しいけど、余計、気負ってしまうじゃないか……」

徳三郎が鮎の押し寿司をパクリと食べたとき、文治が飛び込んできた。緊張の中にも晴れやかな表情がある。何か摑んだときの文治の得意な顔だ。

「若旦那。どうやら、奴らは餌に食いついたようですぜ」

「えっ？」

「とにかく、早く来ておくんなせえ」

文治が急かすと、付け台の中から、寛次が声をかけた。

「親分。丁度、鰻が焼き上がったところだ。一口でも食っていったらどうです」

「後で、じっくり味わう。その前に一仕事だ、ほら若旦那」

言いながら文治は、桜には目もくれず、先に店から出た。徳三郎が慌てて茶を飲んで追いかけると、文治はもう二十間程ばかり向こうに行っている。仕方なく走って追いかけた。

案内されたのは、永代橋を深川の方に渡ってすぐの漁師町、隅田川と大横川の合流する辺りだった。

わずかな砂州が残る所に、小さな漁師小屋がある。長らくほったらかしのようだが、こそ泥などが身を隠すのに使われていたことを、文治はよく知っていた。

この漁師小屋の床下の土の中に、

——日本橋の両替商が千両箱をふたつばかり隠している。

というガセネタを船手奉行所内に、出入りする人足らを使って撒いておいた。

それに引っかかって、怪しげな浪人が三人ばかり、漁師小屋に入ったと見られる。中には、船手同心の三倉もいたと、文治は確認していたのである。

「今度は大がかりじゃなく、気付かれないように数人で攻めます」

文治の他には、五郎八と三人の下っ引、それに徳三郎だけだ。

「大丈夫かな……」

不安がる徳三郎に、文治は正面から両手で頬を挟むように仕草で、

「ここが正念場ですぜ。徳三郎様が漁師小屋の扉から、攻め入って下さい。そうすりゃ、奴らは裏手に……いや」

と言いかけて、考えを変えたようだった。嫌な予感がしたのかもしれない。

「やはり……あっしが漁師小屋に飛び込みやす。あの小屋には裏手から、浜に引き上げてある小舟に乗れるようになってやすから、奴らは必ず裏から出てきやす。そいつらのひとりを誰でもいいから、捕らえて下さい」

「俺、ひとりでかい……」

「大丈夫です。こいつら下っ引だけど、腕っ節は凄い奴らばかりですから」

たしかに三人とも、やくざ者のように体はゴツいし、手には火消しの鳶口を持っている。徳三郎には頼もしく見えた。

「いいですね。あっしが飛び込むのが合図です。慌てちゃいけやせんよ」

文治はそう言い含めると、十手をしっかりと握りしめて、二十間ばかり離れている漁師小屋に向かった。

海風が強くて、文治の羽織の袖が激しくたなびいている。

その間に、徳三郎たちは裏手の方に進み始めた。幸い今日は月が出ているから、文治の姿はよく見える。

文治はほんの一瞬、徳三郎の方を振り向いてから、漁師小屋の扉を蹴破るような勢いで、「御用だ！　観念しやがれ！」と怒鳴りながら踏み込んだ。同時に、徳三郎たちが裏手に廻ろうとしたその瞬間である。

――ドカン！　ドカ、ドカン！

激しい爆音とともに、炎が吹き上がり、漁師小屋が屋根ごと吹っ飛んだ。

「な、なんだ……!?」

徳三郎と下っ引たちはとっさに身を屈めながらも、驚く間もなく瓦礫となった漁師小屋を唖然と見ていた。何があったのか、頭が真っ白になった。

五郎八と下っ引たちは考える前に、瓦礫となった漁師小屋の方へ駆け出していた。慌てて、徳三郎も走り寄ったが、柱や壁がバラバラになって落ちているだけで、人の姿はどこにもなかった。

「文治……文治イ！」

徳三郎は悲痛な叫び声を上げた。下っ引たちも、

「親分！　大丈夫ですかい、親分！」

と泣き出しそうに、まだ熱い柱や壁板などを除いている。

すると――そこには、無惨な三倉の死体が転がっていた。目をカッと見開いて、口からは蟹のような泡を吹いていた。

「そんな奴は後でいいから、探せ。文治親分を探せえ」

必死に五郎八は叫んだが、なぜか他の浪人たちの姿もなかった。浜辺を見やると、小舟がなくなっている。もしかしたら、それを使って逃げたのかもしれない。

五郎八がそう思っていると、

「五郎八さん、これ……」

と下っ引のひとりが、文治の羽織を瓦礫の中から引っ張り出してきた。少し焼け焦げて袖が裂けている。

「探せ、探せ……生きてて下さいよ……」

祈るように言う五郎八につられて、徳三郎も涙が出そうなのを我慢しながら、必死に瓦礫を除け始めた。胸に熱い痛みが広がって、声にならないが、文治の名を呼んでいた。

七

「では、文治の亡骸はまだ見つかってないのだな」

定町廻りの詰所では、黒瀬が苦々しく顔を歪めて訊いた。その前で、正座をしている徳三郎はガックリと項垂れながらも、

「亡骸なんて言わないで下さい。まだ死んだとは決まってません」

「だが、その場にいた三倉は死んでいるではないか。しかも、焼けた羽織が残っておる」

「他にも浪人がふたりいたはずです。そいつらは小舟で逃げたと思われます……

文治は連れていかれたか、後を尾けたのだと思います」

「――おまえの気持ちは分かるが……ここは冷静に対処せねばなるまい」

「……」

「文治が仕掛けた罠に、〝御免党〟一味が引っかかったと思われたが、逆に爆発物をしかけられていた。しかも、文治と同時に、仲間であろう三倉までもが殺された……爆破の前に、刺し殺されていたのだ」

黒瀬は検屍の結果を伝え、推察したことを、配下の同心たちに語った。

「口封じと同時に、邪魔な文治も消したのだろう。まさに一石二鳥だ。奴らは常に用意周到に事を行っておる。この前の鉄砲洲の件といい、町奉行所は舐められたものだ……かくなる上は、逃げた浪人たちを徹底して探索し、船手にも他に賊に通じている者がおらぬか探りを入れる」

毅然と言い渡した黒瀬に、徳三郎は嗚咽（おえつ）するような声で、

「だから……だから言ったじゃないですか……文治は、三倉のことを睨んでた……端から黒瀬様が本腰を入れて調べてくれてれば、文治は……文治は……」

「泣き言を言っても仕方があるまい。それに、おまえはまだ文治は死んでおらぬと、今、その口で申したばかりではないか」

「でも……」

「でももへチマもない。北町の威信にかけて、〝御免党〟を一網打尽にする。徳三郎、おまえも文治から聞いておることで、何か探索の手掛かりになるものを洗い出しておけ」

「……」

「聞いておるのか。しっかりせい」

黒瀬に怒鳴りつけられて、徳三郎は目尻の涙を拭って、頷くしかなかった。他の同心たちも、いつもとは違う気迫に満ちて、立ち上がるのであった。

その翌日も——。

爆発のあった浜辺では、五郎八ら下っ引だけではなく、大勢の人たちが寄り集まって、あちこち探していた。遺体が見つかってないということで、必ず何処かで生きている、探索のために姿を消しただけだと、誰もがそう思っていた。

徳三郎は『おたふく』に立ち寄り、文治が書き残したものを調べていた。今般の〝御免党〟による一連の事件解決の糸口が見つかるかもしれないからだ。

今日は暖簾(のれん)を出さず、寛次も探しに出かけていた。

桜は心配で水も喉に通らず、小上がりの座敷に座っていた。

「──桜さん……申し訳ない……俺のせいだ。どうしたらいいか……」

情けない声をかける徳三郎だが、さすがに桜も胸が詰まりそうだった。それでも気丈に、自分を励ますように、

「大丈夫よ。こんなこと、今までだって、何度もあったもの……羽織を焼いたりしてさ、死んだふりをして……敵を欺くにはまず味方からって……いつだって、そうだったんだから」

と桜は消えそうな声で言いながら、袖の千切れた文治の羽織を見ていた。

「でも、有り難いよね……」

「えっ……」

「あんなに大勢の人たちが探し廻ってくれてる。お父っつぁん、みんなに慕われてたんだね……〝仏の文治〟って言われるのは嫌がってたけど、お縄にした人にだって優しかった……それで改心した人も沢山いる。だから、そんな人たちも探してくれてるって」

「──俺、必ず咎人を捕まえるから……絶対、お縄にして獄門にしてやるから」

徳三郎は桜の肩に手を伸ばそうとしたが、ためらってしまった。桜は気付かずに離れ、俯いたまま何も答えなかった。

二階の文治の部屋に入って、「探索帳」とか「御用帳」、「捕物帳」などと記された書きつけを、徳三郎は手に取った。いつも大雑把な感じの文治らしくない、丁寧な文字で書かれており、きちんと綴じ紐で括ってあった。

その一項一項を捲っていると、今般の〝御免党〟の事件についても、詳細に記してある箇所があった。

出没したと思われる場所、店、被害の様子、奪われた物品の種類や数、損失した金銭、押し込んできた人数、風体、遣り口、賊同士が交わした言葉の特徴や訛り、逃走経路、その後の風聞などを丁寧に書いてある。

さらに、死人や怪我人が出た店の特徴や警備の仕方、番頭や手代の様子から、防犯への普段の心がけ、出入りの業者、不審な言動の者、見かけない顔の者などについても、調べたことは細かく書き残していた。

その上で、どういう手合いの商家や蔵が狙われたか、業種や場所、自身番や木戸番からの距離、被害の刻限、手筋なども、一軒一軒について書いてある。それを手口ごとの分類などもして、下手人がどういう人間か、浪人か無宿者か、ただのならず者か町人か、百姓かなども考えられるすべてを書いていた。

「――こういう文治の隠れた積み重ねがあって、親父は咎人を捕縛できたんだな……親父の手柄じゃなくて、文治のお陰で……」

　徳三郎は胸の中が熱くなった。

　此度の鉄砲洲のことも、漁師小屋のことも出鱈目に探し当てたのではなく、自分なりの調べに則ったものだったのだ。それでも、敵の方が一枚上手だったということだ。

　書き物をひっくり返していると、江戸市中の絵図面が折り畳まれてあった。広げてみると、今般の〝御免党〟が起こした事件の現場や逃走した道筋、潜んでいるであろう場所、町方が見落としている路地や裏地、長屋などに印が入っている。

　その中に、朱色で丸を付けている屋敷があった。

　小名木川扇橋近くにある、船手奉行の拝領屋敷である。その昔、川船奉行が兼任していたこともあって、今も船手の組屋敷といえば、この界隈だった。ここから川船で、鉄砲洲まで通っていたのだ。

「――船手奉行、戸田泰全……まさか、そんな戸田様が……」

　徳三郎が目を凝らして見ると、船手奉行の戸田の屋敷ではなく、裏手にある船手水主(かこ)長屋だった。そのすぐ横は、殺された三倉の屋敷である。

「ここは……」

掘割から小名木川と繋がっており、隅田川を挟んで柳橋の船宿に線が引かれている。この前、三倉の煙草入れを見つけた所だ。

「そうか、川船で往き来していたのだな……ということは……」

しばらく指でなぞっていた徳三郎は、

「――そうか分かったぞ」

と膝を叩いた。

「いつも船で逃げていたが、やはり手練れの船頭なり水主が必要だ。仲間には、船手同心の三倉だけではなく、水主もいたってことだ。そして、この水主長屋や三倉の屋敷を、〝御免党〟は隠れ蓑にしていたのかもしれない」

すぐにでも黒瀬に報せて、ここに乗り込もうと立ち上がったときである。

書類の山が崩れて、その中から「あすなろ記」という綴り本の表紙が見えた。手に取ると、やはり文治の丁寧な文字で、日誌が綴られていた。

それは、女房のお菊が、娘の桜を産んでからのことがほとんどだった。

ひとり娘のことを愛おしむ記載がほとんどで、夜泣きのことやハイハイや摑まり立ちの頃、歩き始めた頃から、どんどん女の子らしく成長する姿を、父親として愛おしむ目で書き留められていた。

途中、妻が流行病で亡くなって、男親ひとりになったことが娘に申し訳ないと書きながら、妻への恋慕をしたためていた。

その頃はすでに、栄太郎の岡っ引として仕えていたようだが、徳三郎の誕生のことも書いてあり、その後のことも、まるで自分の子のように書き残している。

――初めて俺の顔を見て笑う。可愛い。男の子もいいものだ。

――湯屋に連れていったら、徳三郎、誰も入ってない新湯なのに、うんちをしやがった。これは大物だ。

――まだ歩きもしないのに、ぴょんと台や階段から飛び降りる。その勇気が凄い。

――まだ三つ。走るのが速くて、こっちが追いつけないくらいだ。同心としては足が一番。この先が楽しみだ。

――少し泣きべそだが、いつまでも泣かない。偉い、偉い。

――人に何か悪さをされても、怒り返すことはない。ニッコリと微笑み返す。人を恨むことを知らぬ純真さが羨ましい。

――おっとりしていて覇気に欠けるが、人としては、これが丁度良い。いつか、徳三郎の手先になるのも悪くない。

——年上の桜と張り合っても、必ず勝ちを譲る気質。同心の子としては少し物足りないが、この仏心が一番大事。俺も、仏のような気持ちで、咎人と接したい。

などと徳三郎の子供の頃のことを、ちらちらと記してある。

「こんなふうに思ってくれていたのか……」

愛しさ溢れる言葉の端々に、徳三郎は改めて感謝した。

気配に振り返ると、桜が立っていた。

「徳三郎さん……絶対に、〝御免党〟の奴らを挙げてね。そこに書かれてるように、お父っつぁん、あんたのこと好きだから」

ニッコリと微笑む桜にも、徳三郎は深々と頭を下げるのであった。

八

その夜——。
船手奉行・水主長屋の周辺には、黒瀬をはじめ、加藤、小野、岸川、橋本、そして徳三郎が数間程の間隔を空けて張り込んでいた。他に、岡っ引や下っ引もいる。

黒瀬は、徳三郎から差し出された文治の〝御用帳〟を見て、これまでの経緯からも、水主長屋が怪しいと踏んでいた。すでに、北町奉行の遠山にも黒瀬から事情を説明している。だが、万が一にも、川船奉行が関わっていたら困ると疑い、探索は町方のみで行うことに決定された。

三倉が殺されたことも、船手奉行の戸田にはまだ伏せていた。もし他にも通じている者がいたら、事前に隠蔽などをするであろうからだ。今回だけは、そこまで疑わないと、〝御免党〟を捕縛できないと、遠山も熟考してのことだった。

船での逃走はしないよう、掘割や小名木川の出入り口には、漁師や川舟人足らに扮した捕方が待機している。さらに周辺の町木戸をぜんぶ閉めるために日暮れの四つ過ぎに、寝込みを襲うことにした。

船手水主長屋では、消灯の刻限が過ぎても、薄い行灯明かりの中で、賽子賭博で手慰みをしている連中もいた。

だが、目指すは一番奥の部屋と、その裏手に繋がる三倉の屋敷だ。黒瀬と加藤たちは、三倉の屋敷の近くを固め、小野、岸川、橋本は水主長屋の木戸口、そして徳三郎は裏手を担当していた。それぞれ、岡っ引や捕方もついている。

水主長屋の裏手には、塵芥置き場がある。そこに棄てられた物を、芥船（あくたぶね）が三日に一回くらい運んで、越中島などに棄てに行くのだ。

その側に潜んでいると、水主長屋の縁台から誰かが立ち小便をした。そのお陰で、中の様子が見えそうだが、ハッキリとは窺うことができなかった。とにかく、黒瀬の合図があるまで、じっと待っていた。それも同心の務めであった。

三倉の屋敷の方が、少しざわついてきた。

——そろそろか……。

と思ったとき、少し離れた柳の下から、声がかかった。

「若旦那……徳三郎の旦那……」

聞き覚えがある声だが、妙にひそひそとした声だ。

振り返ると、そこにはなんと、文治がいた。

「ぶ、文治……！」

思わず名を呼びそうになったが、張り込み中なので、声を飲み込んだ。

いつもの羽織姿で着流しの着物は腰までたくし上げ、股引がピタリと足を包み、雪駄ではなく草鞋を履いている。草鞋なら、追いかけるときに、決して脱げないからである。

とっさに柳の下に駆け寄った徳三郎は、

「やっぱり生きてたか、文治。何処へ行ってたんだ。みんな心配してたんだぞ」

「そんなことより、そこを張り込んでてもしょうがないですぜ」

「えっ……」

「堀川の対岸、向こうの水主長屋でやす」

文治は断言した。

「そっちにも、長屋があるのか」

「へえ。あっしも最初は、三倉の屋敷と繋がっている方のを睨んでたんですがね、よくよく調べてみたら、南側に移してたんです。慎重な奴らなんで、目眩ましにしたんでしょう」

「そうなのか」

「——それにしても、徳三郎様。よくここに目をつけましたね。黒瀬様たち、みんなを説得して、ここまで連れてきたとはさすがでございやす」

「だって、それはおまえの……」

「あっしのなんです」

「ま、いいや。とにかく、向こうなんだな」

「へえ、案内致しやす」

腰を屈めて、少し離れた所にある掘割の小橋を渡ってすぐだという。文治の後をついて行き始めると、一緒に張り込んでいた五郎八が、低い声をかけた。

「旦那。何処へ行くんです」

「対岸の水主長屋だ」

徳三郎はすぐに答えると、五郎八は手招きして、

「だめですよ。黒瀬様に何も言わず持ち場を離れちゃ」

「大丈夫だ。文治がいる」

「えっ……」

「ほら、そこにいるじゃないか。おまえたちも来い」

「何処にいるんです」

「もう、向こうに渡ったよ。早くしろ」

命令した徳三郎の言葉に半信半疑ながら、五郎八は他の下っ引をその場に留まらせて、自分だけはついてきた。

徳三郎は文治の背中に向かって、

「たしかに〝御免党〟なんだな。この前のようなしくじりは、それこそ御免だぜ」

と声をかけた。

「駄洒落を言える余裕がありゃ、大丈夫ですよ」

文治は笑って振り返ったが、いよいよ突入するからと真剣なまなざしになって、周辺の地理について話した。

「よく聞いて下さいよ、徳三郎様……この先の奥は行き止まりです。奴らはそれを知っているから、絶対にこっちには来ません。逃げるのは、堀川の方です。そこには川船を置いてやすが、黒瀬様が水門などを閉めてるので、それで逃げればお陀仏です」

「だな……」

「敵は五人います」

「確かなのか」

「へえ。この目でしっかりと見ました。でもって、余裕こいてるのか、四人はけっこう酒を飲んで寝込んでます。旦那のように酒は弱かねえが、こういうのを油断っててんですな」

それこそ余裕のある言い草で、文治は水主長屋の方に案内した。

「ですから、敵はひとりだと思って下せえ」

「ひとり……」

「へえ。こいつらはみんな、大した腕前じゃありやせん。へなちょこ剣法です。徳三郎さんは仮にも、香取神道流の皆伝です。一太刀で倒せますよ」

「いや無理だろう……第一、俺は人を斬ったことがない」

「お父上も香取神道流の名人でしたが、この流派は相手と相打ちを覚悟で、バサッと一気に袈裟懸けで斬ります。場合によっては脳天にカチ落とします」

「知ってるよ……」

「ですが、相手を殺すのではなく、あくまでも捕らえるのが同心の仕事。一太刀浴びせれば、相手は戦う意欲をなくします。その要領で、大十手で勝負をつけて下さいやし」

「おいおい。俺がそんなことを……」

「やるのです」

険しい顔で、文治は睨んだ。徳三郎は萎縮したように見つめていたが、

「分かったよ。やるよ」

と腰の刀と十手に触れた。先刻読んだ、文治の日誌の思いが蘇ったからである。

後ろからついてくる五郎八が、声をかけてきた。

「旦那……さっきから何、ひとりでぶつぶつ言ってるんでやす」

振り返った徳三郎はシッと声を潜め、今し方、文治から聞いたことを伝えた。

五郎八はまた首を傾げながら、

「戻りましょうよ、旦那。もし黒瀬様から命令が出たら……」

と言いかけているとき、文治が「今だ」という合図の声を送った。

徳三郎は何の躊躇(ためら)いもなく、目の前の引き戸を開けると中に踏み込んだ。遠山奉行からの大十手を突きつけ、

「北町奉行所、大間徳三郎である。神妙に縛に付け」

と大声を張り上げた。

突然のことに、寝惚(ねぼ)け眼(まなこ)の浪人たちは「何の騒ぎだ？」と呆然としていた。奥に陣取っていた黒い縞模様の総髪の大柄な浪人だけは、吃驚して傍らにあった刀を手に取った。

徳三郎は目の前にいる浪人を跨いで、身軽に奥の浪人の前に飛ぶと、大十手をバシッと脳天から打ち落とした。相手は刀を抜く間もなく、その場に昏倒した。

他の浪人たちも気がついて、お互いを叩きながら障子窓を開けて、外の掘割に飛び込んだり、裏手から這うように逃げ出した者もいた。その慌てる様子を見な

がら、五郎八は呼び子の笛をピイピイと鳴らした。

「こっちだ！　〝御免党〟はこっちに潜んでいたぞ！」

さらに、五郎八が呼び子を鳴らし続けると、黒瀬を初め、定町廻り同心たちや捕方、岡っ引たちが一斉に掘割の対岸に集まって、逃げようとする浪人たちを追い詰めていった。

昏倒していたはずの筆頭格の浪人は、「おのれッ」と脇差しを抜こうとしたが、徳三郎はその腕も大十手で叩きつけた。鈍く骨が折れた音がした。

「徳三郎さん。早くお縄をッ」

襖の前で、文治が声をかけると、徳三郎は帯に駆けてあった捕り縄をスッと取り出して解き、縄をかけようとしたが、慌ててうまく巻きつけることができない。

「ぶ、文治……おまえがやれよ」

「駄目です。本来、十手捕り縄は、あっしら岡っ引が持てるものではありません。定町廻り同心だけが手にできるんでさ。縛るのも同心の仕事です。子供の頃から、何度も練習したはずです。さあ、おやりなせえ」

文治に言われて、徳三郎は不器用な手つきながら、なんとか縛るのを、傍らでは五郎八がハラハラしながら見ていた。後ろ手にグイッときつく縛り上げると、

「お見事！」

と五郎八が声をかけた。その言い方は、まるで、千両役者に大向こうからかけるような、軽やかで明朗な掛け声だった。

――どんなもんだ。

とでも言いたげな顔で振り返ると、文治の姿はなかった。

「あれ……おい、文治……何処に行きやがった……せっかくの一番手柄じゃないか……なんで、誉めてくれないんだ」

徳三郎が半ば呆れ顔で、総髪浪人を引っ張り上げるのを、五郎八も手伝いながら、

「旦那……さっきから誰に話してるんです……」

と訝しげに訊いた。

「文治に決まってるじゃねえか。ま、一番手柄っても、奴のお陰だからな。喜びも半ばくらいってとこか」

「変なの……」

首を傾げる五郎八だが、掘割やその周辺の路地では、黒瀬たちが他の浪人たちを一網打尽にしていた。

翌日、〝御免党〟が全員、捕縛されたという瓦版が飛ぶように売れた。

船手奉行の戸田はまったく知らないことだったが、船手同心の三倉が賊の逃亡を手伝っていたことが明らかになり、責任を取って職を辞した。それほどまで重い事件だったのである。

定町廻り同心詰所でも、酒で祝杯とはいかぬが、それぞれの健闘を讃え合っていた。黒瀬の機嫌はすこぶる良く、徳三郎の推察と判断を誉めそやした。

「さすがは、大間栄太郎の息子だ。ちょいと憎ったらしいが、お奉行から金一封も出た。素直に礼を言うぞ」

「礼なら、文治に言っておくんなさい。すべて、あいつのお陰ですから」

「――そうだな……」

黒瀬は神妙な顔になって、

「奴の献身的な探索がなかったら、捕縛できたかどうかも怪しいものだからな」

と言った。

「へえ。でも、昨夜の捕り物の後、また姿を消してから、まだ家にも帰ってないらしんです。うちの親父の仏壇にも墓の前にもね……まったく、何処で何をしているのか」

「なんだと……まだ知らぬのか」

不審そうに黒瀬が見やると、徳三郎は「え？」と首を傾げた。他の同心たちも、何事かあったのかと黒瀬を見た。

「そうか……まだ伝えられてなかったのか……先程、高積改の田原から聞いたが、品川宿の海辺でな、浅瀬に沈んでいた文治が見つかったらしいのだ」

「え……ええ？」

徳三郎は信じられないと顔を顰めた。

「宿場役人の話では、顔や体に火傷を負っており、死後二日程経ってたとか。それでも、手にはしっかりと十手を握っていたらしい……例の爆破の後、河口に吹っ飛ばされて、引き潮に沖まで流されたのかもしれねえな」

「――そんなバカな……人違いでしょ。だって、ゆうべ捕り物を……」

「〝御免党〟に関わる事件ゆえな、北町奉行所でも改めて検分するため、今日、運ばれることになっているのだ」

黒瀬がそんな話をしているうちに、町方中間が来て、文治の亡骸は詮議所の土間に運ばれたと報せが入った。

「嘘だろ……」

絶対に信じないと徳三郎は首を振ったが、黒瀬は慰めるように、

「おまえには辛いだろうから、他の者たちでやる。ここにいるがよい」

と言った。

それでも徳三郎が行くと、田原もその場にいて、深々と頭を下げた。

「——この度は残念なことだった……積み荷のことで高輪まで行った先で、たまたま土左衛門のことを知ったから、身元を確認しにいったのが……まさか文治だったとは……」

たしかに腐敗がもう始まっており、ゆうべ死んだことはあり得なかった。番所医がきちんと検屍したところ、死んだのは丁度、爆破のあった頃だと判明した。目の前の文治の亡骸を見ながらも、徳三郎にはまだ信じられなかった。

「じゃあ誰だよ……昨日、俺をあの水主長屋に案内してくれたのは誰だよ……おまえじゃないか、文治。目を覚ませよ……なあ、おまえだって言ってくれよ、文治！」

胸には、名前を刻んだ十手が置かれている。その変わり果てた文治の姿に、徳三郎は何度も名を呼びながら、号泣するのだった。

第二話　恨み花

一

料理屋『おたふく』の二階奥座敷にある小さな仏壇の前で、大間徳三郎は背中を丸めて座り込んでいた。

真新しい黒い位牌には「法徳院釈忠文居士」という法名が金文字で刻まれている。町人なのに武士のような院号まで付けてくれたのは、親しくしていた浄土真宗の僧侶が配慮してくれてのことだった。

仏壇には、長年使い込んだ十手も置かれている。

「――なんだよ……嘘だろ……未だに信じられないよ……」

徳三郎はぶつぶつと小声を洩らしている。傍から見れば、まるで廃人である。

それほど文治のことを慕っていたのかと問われれば、「違う」と徳三郎は答えるかもしれない。

——そこに居てくれて当たり前の人だった。

とは思っていたが、結構、小うるさいし、必要以上に煽てるくせに、時には父親のように叱りつけることもあった。すべて、徳三郎を一端の同心にするためだということは、百も承知していたが、煩わしかったのも事実である。

それでも、息遣いや声が側から消えてしまうと、筆舌に尽くしがたい寂寥感に襲われて、悲しみを通り越していた。

「毎日ずっと、そんな所に……体に悪いわよ」

文治のひとり娘・桜が、炊き込みご飯を握り飯にしたものを階下から運んできた。実の父親が亡くなったのに、徳三郎の方がすっかり落ち込んでいるように見える。

「もう初七日が過ぎたのだから、そんなに悲しんでばかりいたら、お父っつぁんも心配で、冥途に旅立てないわよ」

桜は自分にも言い聞かせるように、徳三郎の前に握り飯を置き、同じ物を仏壇にも供えた。それをじっと見ていた徳三郎は、

「文治は、炊き込みご飯の握ったのは、あんまり好きじゃなかったんだよな。梅

を潰したのを白いおまんまに包んで、海苔で巻いたのが好きだったんだ」

と呟くと、桜が短い溜息をついた。

「そうだったっけ……お父っつぁんのことなら、何でも私より知ってるね」

「あの日も、折角、寛次さんが焼いてくれた鰻を食い損ねた……一番の大好物なのにさ。どうせなら、食ってから死んだらよかったよな……うう……文治い……」

徳三郎は恥ずかしげもなく、涙を流して名前を呼んだ。

「だから、そんなふうに悲しんでばかりだと、お父っつぁん、成仏できないから……徳三郎さんが一生懸命、頑張って、お父っつぁんが教えたことを少しでも役に立ててくれたら、きっと喜ぶと思うよ」

「──もういいよ……」

「何がよ」

「文治がこんなことになったってことは、俺も同心なんかしない方がいいってことだ……親父もそう思ってると思うよ」

「そんなことないよ。なに勝手なこと言ってるのさ。こんな姿を見たら、お父っつぁんならきっと叱りとばすと思うよ」

「叱って欲しいよ……」

「あ、そう。じゃ、ずっと、そこでそうしてなさい」

話にならないとばかりに、桜は言い捨てて店に戻ろうとした。

そのとき、下から「徳三郎、おるか」と緊迫した声を発しながら、北町奉行の定町廻り同心・加藤有作が階段を駆け上ってきた。定町廻り筆頭の黒瀬より年上ながら、渋い探索をするとかで、隠密廻りとか年番方に行かずに〝現役〟で頑張っている。

「やっぱりここか。組屋敷に行っても、まるで蛻の殻。しかも、戸締まりもしてないとは、なんたる不用心……こんな所でボサーッとしているより、事件だ。さあ、すぐに来い」

と加藤は、徳三郎の肩を叩いた。

「こんな所ってなんですか」

徳三郎は仏壇に向かったまま、不満げに言い返した。

「文治は町奉行所の探索のために、何十年も身を粉にして働いて、そのせいで悪い奴らから、とんでもない目に遭わされて死んだんだ。そんな言い草はないと思いますけど」

「あ、済まぬ……」

加藤は位牌に向かって手を合わせると、

「〝仏の文治〟と呼ばれた奴が、本当に仏になってしまったが……生前の人並み外れた働きぶりには、俺たちも感謝している。だからこそ、徳三郎。おまえも頑張れ」

「――桜さんに言われたばかりですよ……説教も結構です」

「おまえな……」

何か強く言いそうになったが、それは飲み込んで、

「とにかく来い。日本橋茅場町の大番屋近くの路地で、殺しがあった。両替商『常陸屋』の番頭、久兵衛が刃物で、背後から背中を刺され、心の臓まで到達して死んだようだ」

「……」

「店で一番古株の番頭で、若旦那の清左衛門を支えている。先代の主人から仕えてて、この久兵衛がいなきゃ、『常陸屋』は成り立たないと言われてる番頭だ。おまえにとっての文治みたいなものだな……誰が殺ったか分からぬが、俺たちが見つけて、きちんと恨みを晴らしてやらなきゃなるまい。さあ、行くぞ」

励ますように加藤は言ったが、徳三郎はまったく腰を上げようとしなかった。

その背中を、桜がバシッと掌で叩いた。

「いてえ……！　何すんだよ」

徳三郎が思わず体を捩ると、さらに桜は袖を捲って腕を振り上げ、

「そんな姿を見て、お父っつぁんが喜ぶとでも思ってるのかい」

「何も叩くことはないだろ……親父にだって、文治にだって叩かれたことはない」

「じゃ、これからはあの世に逝ったふたりに成り代わって、私が思う存分、ぶっ叩いてあげるよ。お父っつぁんも辛抱強い人だから、あなたを叩くのは我慢してたんだと思うよ。だから、こんな甘えん坊になったんだ」

桜はまるで実の姉のように、強い口調で言った。

「あなたも私も、おっ母さんは幼い頃に亡くした。そんでもって、お父っつぁんまでいなくなった。二親のいない者同士、頑張って生きていこうって、葬式のとき、誓ったじゃないの……私も徳三郎さんのことを、身分は違うけれど、実の弟と思ってきた。これからも、ずっとそのつもりだった」

「だった……」

「ええ。でも、今、加藤様から聞いたでしょうが」

「な、何を……」

「何をって、人が殺されたって聞いたでしょうが。それでも何とも思わない奴なんか、弟でもなんでもない。同心なんか勤まるもんか。とっとと、辞めちまいな。ああ、辞めちまえ。人んちの仏壇の前で、日がな一日、こっちが滅入ってくるんだよ」

一気呵成に〝口撃〟する桜を、徳三郎は唖然と見上げていたが、加藤も目を丸くして、今にも逃げ出しそうだった。

その加藤の顔を見るなり、桜はニコリと微笑んで、

「なんちゃって……これぐらい言わないとねえ、本当にどうしたものかしら」

と言いながら、仕込みがあると階下に降りていった。

唖然と見ていた徳三郎を包むかのように、障子窓の外から一陣の風が吹き込んだ。

すると同時に、ぼんやりとした声が聞こえた。

「いやあ……あんなに気性が激しい娘だったかなあ……」

えっと振り返ると、加藤は別の方にいる。徳三郎は、加藤に向かって、

「俺も吃驚（びっくり）しました」

「だよな……一体、誰に似たんだろうな……女房は優しくて気立てがよくて、あ

んなふうに声を荒げたことなんて一度もねえ」

「――え……」

加藤とは違う方から声が聞こえる。そっちを振り返ると――

なんと、そこには正座をした文治がいるではないか。部屋の片隅の柱に寄りかかるように座っている。

「文治！……生きてたのか……」

思わず腰を上げて、徳三郎は障子窓のある壁に向かって、

「そうか、そうか……やっぱり生きてたんじゃないか……なんだよ、ふざけるなよ」

と嬉しそうに声をかけた。

だが、文治は至って真面目な顔つきで、

「いいえ。あっしは死んでおります。この際、はっきり申し上げておきますが、あっしは幽霊でございます」

「はあ、なんだって？」

「幽霊と言ってしまえば、なんだか嘘臭いし、説得力もありませんが、どうやら四十九日までは、この世とあの世の間というか、隙間みたいな所で、しばらくこ

うして、この世の名残を感じてられるようなんです」

「言ってることが、よく分からないが……おまえは文治なんだろ」

不安げに徳三郎は、目の前の文治に尋ねた。

「へえ、文治でございます。遅くなりやしたが、この度は一番手柄、おめでとうさんにござんした。あっしも嬉しゅうございます」

「いやいや、ぜんぶおまえのお陰だよ」

「とんでもありやせん。若旦那……徳三郎の実力でござんすよ」

文治は不器用そうに笑った。徳三郎もなんだか嬉しくなって、微笑み返した。

「よかった、よかった。幽霊だろうが何だろうが、ここにいるなら、桜さんも喜ぶだろう。その姿、見せてやりなよ」

「いえ、それがね……」

困ったように文治は頭を掻(か)いて、

「今のところ、あっしの姿が見えるのは、徳三郎の旦那だけみてえで」

「そうなのか」

「残念ながら、実の娘にはまったく……かといって、西方浄土にいる女房のお菊(きく)の所まではまだまだ遥か遠いらしくてね……」

「おまえ、まさか俺のことが心配で、成仏できないんじゃあるまいな」

「へへ、それも半分はあるかもしれやせんね。そんなことより、徳三郎さん」

文治の顔がわずかに強張って、ゆっくりと立ち上がった。

「加藤様の話は本当でございやす。茅場町の『常陸屋』といえば、低利で困った人だけに貸している善人の塊みたいな人だ。番頭の久兵衛さんのことも、あっしも知ってやす」

「そうなのか……」

「へえ。ですんで、徳三郎さんのお力で、どうか成仏させてやって下せえ。いきなり刺し殺された上に、下手人も分からない。このまんまじゃ、死んでも死に切れやせんよ」

「ああ、そうだな……」

「この文治も一緒に参りやすから、さあ、探索に行きましょう」

「そうか。おまえが行くなら、俺も！」

階下へ向かう文治の後を追いかけながら、仏壇の十手を見やり、

「おい、文治。十手は……」

「あっしは何も摑むことができやせんから」

文治はなぜか照れ臭そうにそう言って、慣れた階段を降りていった。徳三郎も嬉しくなって、軽やかに駆け下りながら、

「加藤様。急ぎましょう。俺たちが、番頭の遺恨晴らしてやろうじゃありませんか」

と振り返った。

首を捻って加藤も降りてきながら、

「おまえ、さっきから……誰と話してたんだ……おかしくなっちまったのか……」

と気味悪そうに頬を歪めた。

二

南茅場町の大番屋に、徳三郎が駆けつけてきたとき、番所医らによる検屍は概ね終わっていて、傍らでは『常陸屋』の主人・清左衛門が真っ赤に目を腫らしていた。いかにも大店の若旦那という誠実そうな顔だちだった。

その横には、清楚ながらも芯はしっかりしてそうな内儀のおしのが、主人を支えるように寄り添っていた。

「なんで、久兵衛がこんな目に……誰がこんな酷いことを……」

悲しみで声にならない清左衛門の姿を、町奉行所に担ぎ込まれたときの文治の姿と重ねて、徳三郎は見ていた。振り向くと、大番屋の出入り口の近くに、幽霊の文治は控えて、様子を見守っていた。

先に来ていた筆頭同心の黒瀬光明（こうめい）は、嫌味な目つきで、

「さすが大物同心は、最後のおでましで、ご苦労なことですな」

と皮肉を言った。

「他の者たちは、手掛かりがないか探し廻ってる。おまえも、妙な奴がいなかったか、聞き込みに行け」

黒瀬はそう命じたが、なぜか文治は扉の所に立っていて、まるで通せんぼでもするような格好で見ている。自分でも亡骸を確認せよとでも言いたげだ。

徳三郎は頷（うなず）いて、合掌瞑目してから、土間の筵（むしろ）に置かれたままの久兵衛の前に座った。

大番所は吟味方が、奉行所でお白洲をする前に、咎人などを調べる〝予審〟をする所である。だが、大きな事件や町内の重要な人物が関わったときには、この場を借りて調べた。

遺体を見る限り、背中から包丁のようなもので刺されただけである。いつの間にか、文治も遺体の側にしゃがんでおり、

「刃渡り一尺以上の刃物でやすね。心の臓どころか、背中から一気に胸まで突いてやす。しかも、肋骨を砕いてるし、背中の傷口の大きさから見ても、武家の脇差しかもしれやせんね」

と言いながら、傍らに置かれている、剃刀のような小さな刃物を見た。

「これは、なんです」

「久兵衛の懐にあったものだ。もしかしたら、相手を刺すつもりだったが、先に殺られたってことかもしれぬな」

「てことは、やはり通りすがりの殺しじゃなくて、前々から揉めてた奴と会ってたってことでやすね」

徳三郎はその文治の文言通りなぞって話した。それを聞いていた黒瀬は、

「なんで、岡っ引みたいな喋り方してるんだ。それにな、それくらいのことは検屍をして、大方、分かってることだ。相手は武家で、脇差しで刺しただけだ」

「だったら、この傷はなんでしょうかね」

文治が訊いた――ことを、そのまま徳三郎は口にした。そして、一拍遅れで、

文治の言うことを、徳三郎は続けた。

「右膝の下辺りにも切り傷があります。おそらく脇差しのようなもので斬られて、筋を少し傷つけられた。久兵衛さんは足がガクッとなって前のめりに崩れる。となると相手は、こういう形で……」

と徳三郎は、背後から突き下ろす感じの仕草をして、

「確実に後ろからでも、心の蔵を背中を突くことができる。正面から突きかかったら、いきなりでもとっさに避けるでしょうから、心の臓を外すかもしれねえ……つまり、打ち損じないで殺した。てことは、恨みとかではなく、必殺……絶対に殺さなければならないという使命なり信念を持った奴が、下手人だってことです。しかも、この真っ昼間に、路地とはいえ、人目を避けて一気に仕留めたのは、なかなかの腕前でやす……ます」

滔々（とうとう）と説明をした徳三郎に、黒瀬は唖然とした顔で、

「――おまえ、いつ検屍の目利きを磨いてたんだ。見習のときも多少は教えたが、事件の現場を荒らさないためのイロハ程度だ。それに、死体なんぞ、そんなに改めたことはないだろうが」

と訝しげに問いかけた。

「あ、そりゃまあ、あっしもガキの頃から、父上にはついて廻ったこともあるし、文治もよく教えてくれやした……ました」

「ま、いい……当たらずとも遠からずだ。俺も下手人は武士か、かなりの腕を持った渡世人だろうとは思ってる。だから、この辺りに潜んでる、その手の奴を探せ」

黒瀬は命じたが、文治は徳三郎の横に立ったまま、

「その前に、『常陸屋』の旦那に、ひとつふたつ訊いておきたいことがありやす」

と言った。もちろん、誰にも聞こえないから、徳三郎が自分の言葉遣いに変えながら、同じことを問い質した。

「――分かりません……久兵衛に限って、人に恨まれるようなことはないだろうし、私の店にもそのようなことは……」

「たしかにな。先代もおまえさんも真面目が着物を着てるって言われてるし、久兵衛だってそうだ……若い頃、田舎(いなか)の村が土砂崩れでなくなり、江戸に出てきたのはいいものの、食うに困っていたところを先代に助けられ、手代にして貰った。久兵衛はよく言ってた……親兄弟のいない俺にまるで本当の身内のように接してくれた。だから、真面目に働いてるってね……今の旦那、清左衛門さんも、

死んだらうちの墓に入れなんて言ってくれてる。嬉しいってな。絶対、足を向けて寝られない。何かあったら、私が身代わりになるってね」

徳三郎が文治の話をなぞっていると、清左衛門は不思議そうに、

「久兵衛が旦那に、いつそんなことを……？」

「あ、いや……そんな話もな、文治がしていたのを思い出したんだ。でも、何処で人に恨みを買ってるかは、当人には、分かりませんからね」

誤魔化すように徳三郎は言ってから、

「それより久兵衛さんは、どうして、この路地を通ったのかな。だって、店は茅場町だけど、南新堀に近い方だ。殺された路地を通って帰るってのもねえ……」

「さあ、私には分かりません」

「誰かに呼び出されたってことは、ないですかね」

徳三郎が訊くと、清左衛門は首を傾げたが、内儀のおしのの方が声をかけた。

「そういえば……店の表に、編笠を被った浪人風のお侍さんが立ち止まって、暖簾を少し割りました。すると、帳場にいた久兵衛がすぐに立ち上がって、店の外に出て行こうとしました」

「侍に呼ばれて……？」

「それは分かりませんが、私はたまたま奥から来て見かけたので、久兵衛さんに声をかけました。そしたら、ちょっと用事を思い出したんで出てきます、と」

「その後に、殺された……ってことで」

「まさか、こんなことになるとは……分かっていれば、止めたのに」

「てことは、お内儀はその浪人を見たってことですね」

「見たってほどでは……顔はまったく見えなかったし、背丈は黒瀬さん程ではありませんが、高かったと思います。店の鴨居に届くほどでしたから」

「背の高い編笠の侍……他に何か特徴はありやせんか。着物の色や柄、紋があったかどうか、刀の柄や鞘の色、ちらっと見えた顎辺りの感じとか、歩き方……なんでもいい」

執念深く徳三郎が訊いていると、おしのは何かを思い出すように、

「はっきりとは言えませんが、顎髭があって、口に楊枝を咥えていたような……気もします。よく見たわけではないので」

「楊枝……それくらい、飯を食えば誰だってシイシイするしな……いや、それはいいことを聞きました。番頭さんを呼び出す前に、近くの何処かで飯を食ったかもしれない。探す手立てになりやすよ……なりますよ」

良く気付くなと、黒瀬は今度は感心しながら、徳三郎の聞き込む様子を見ていた。

「ところで、お内儀……若旦那とお内儀が一緒になることを、先代のご主人・文左衛門さんはなぜか反対してましたよね」

「えっ……」

驚いたように清左衛門も立ち上がり、おしのと顔を見合わせた。明らかに戸惑ったようなふたりだったが、構わず文治は続けた。その文治に追従するように、徳三郎も続きを話し始めた。

「その理由は、あっし……いえ、私も知りません……ですが、どうしたものかと、文左衛門さんに頼まれたことがあるんです」

「何をですか……」

清左衛門は少し不愉快そうな顔になった。

「ですから、夫婦になる相手に相応しいかどうか調べてほしいって、文左衛門さんに頼まれたんですよ。ま、こっちも、そういうのを生業にしてるから、ちょいと調べてみましたがね、特に何もなかった」

「……」

「ですから、先代ご主人も安心して、おしのさんを嫁に貰ったんです」

思わず、おしのは俯いた。穿り返されたくない何かがあるようだった。その心の裡を察したのか、清左衛門は少し強く、

「もう十年も前のことですよ。その頃は、まだ徳三郎の旦那も子供でしょ……今年は、うちの娘が十歳になりますが、そんな年頃だったんじゃございませんか」

と反駁するかのように言った。

「あ、ええ……そうですね……父上から聞いたことがあるんです。いや、文治だったかな……とにかく、そういうことです」

「何がそういうことですか。此度の久兵衛のことと関わりがあるとでも？」

「……」

徳三郎が答えに窮していると、文治は知らん顔をしている。

「なんとか、言えよ」

思わず、徳三郎は文治に向かって言ったが、丁度、その先には黒瀬がいた。

「む？　なんだと」

「いえ、違います。黒瀬様に言ったんじゃありません」

「ふざけやがって。てめえが訊いたんだろうが。番頭殺しと関わりない話なら、

するんじゃねえ、このバカ」

　黒瀬が舌打ちをしたとき、「てえへんだ！」と叫びながら、下っ引の五郎八が駆け込んできた。他にも、二、三人の下っ引がいる。

　こうして大番屋や自身番に押しかけてきて、何か事件に首を突っ込んで、駄賃を貰おうとする輩もいる。黒瀬は、胡散臭そうに追い出そうとしたが、五郎八は黒瀬にではなく、徳三郎に向かって、

「店の中に陣取って、人質を取って暴れてる奴がいやす。旦那、すぐに来て下せえ」

　と言った。

「今度は人質騒ぎかよ。どうしようかな……」

　暢気に構えている徳三郎に、五郎八はとにかく来てくれと騒いだ。

「早く来て下せえ、旦那。『おたふく』ですよ。人質は、桜さんなんですから」

「なにッ。それを先に言え」

　飛び出して行ったのは文治だった。もちろん、すぐに徳三郎も後を追いかけた。

「お、おい。徳三郎、こら！」

　黒瀬も思わず追おうとして、ガツンと鴨居に頭をぶつけた。

「いてえッ……なんだ、あいつはよ……」

額を押さえながらしゃがみ込む黒瀬を、一気に不安が込み上がったように、清左衛門とおしのは見ていた。

三

さっき飛び出して来たばかりの『おたふく』に舞い戻った徳三郎は、暖簾が傾き、店の格子戸が閉まっているのを見た。

その表には、襷がけで水桶を持ったままの寛次が立っていた。どうやら、中から心張り棒を掛けられているようだった。徳三郎は駆け寄るなり、

「一体、何があったんだ。寛次さん」

「俺にもよく分からないんで……魚のアラや肝を裏手で洗ってたら、急に女将さんの叫び声が聞こえて……勝手口も閉まってて、厨房の格子窓から覗いたら、三十絡みの小汚ねえ奴が、飯を寄越せって叫んでて……」

寛次の話も要領を得なかった。閉め出されているから、店の中の様子がよく分からないのだ。客はおらず、桜ひとりだという。

「梯子を掛けて、二階から入ろうとしたんですが、窓も閉め切られてました」

「なんだって……な、なんで、こんなことに……」

明らかに狼狽した徳三郎は、どうしたらよいのかと、その場をうろうろした。

寛次は落ち着くように言って、

「だから、この水桶で表扉を叩き割ってでも入ろうと思ったんですが、下手に刺激して、女将さんに何かあっちゃいけねえし……刃物を持っているようなんです」

「刃物……！」

また素っ頓狂な声を上げて、徳三郎はおろおろとなり、高鳴る胸に手を当てて、

「ほ、ほんとうか……」

「格子窓から、チラッと見えました」

「まずいな……なんで、こんな時に……一体、何が……どうしたらいいんだよ」

徳三郎が振り返ったが、文治の姿は何処にもなかった。

店の中では——。

後ろ手に扱き紐で縛られた桜が、小上がりに座らされていた。

その前で、漁師か船頭のように日焼けした三十絡みの痩せぎすの男が、握り飯を頬張っている。先刻、徳三郎に差し出した、炊き込みご飯のお握りだ。

両手に抱え込むようにして、むしゃむしゃ食っている。その左腕の肘下には、三分程の太さの青黒い線が二本ある。いわゆる〝肉刑〟の入れ墨で、かなり目立つ。かつては、鼻削ぎや目の刳り抜き、耳削ぎなど残酷な刑罰があったが、あまりに残酷だからと、皮膚に入れ墨をする刑を始めたのは、八代将軍吉宗である。

その入れ墨をこれ見よがしに、握り飯をムシャムシャと食う肌黒い男は、屏風絵によくある虎のような目つきをしていた。

だが、桜はそのような入れ墨を見慣れているのか、少しも恐れていなかった。

「──美味えな……」

「えっ？」

「これだよ。混ぜご飯てのか……さすがは料理屋だ。美味えもんをこさえてやがる」

「賄い料理ですよ。魚の身や皮、鶏の肝やら蜆の身なんかと、筍や椎茸などを刻んだのと麦ご飯と混ぜて、ちょいと焼いただけのものです」

「美味えよ。流されてた島でも、こんな美味いものはなかった」

悪びれる様子もなく、男は小柄な割りには大口を開けてパクついて、あっという間に四個も食べた。よほど腹が空いていたのか、〝おばんざい〟にしてあるものも、大きな器ごと抱え込んで食べ続けた。

満腹になると、厨房の中に置いてある徳利から、湯呑(ゆの)みに酒を注いで、ゴクゴクと水を呷(あお)るように飲んだ。

「ひゃあ、うめえなあ……灘(なだ)の酒かい……腹一杯とはいえ、一気に酔いそうだぜ、ひっく」

すぐ顔が赤くなったが、酒は好きなようで、もう一杯、首を後ろに反って飲み干した。残りのしずくも舌先で受け止め、大きく溜息をつくと、桜の前に戻ってきた。

「島でもよ、酒は勝手に飲めるんだ。でも、こんな良い酒はなかったなあ……」

三杯目を持ってきて、嬉しそうに飲みながら、改めて桜を嫌らしい目つきで、舐めるように眺めていた。

「あなた、島帰りなんですか」

桜が直截に訊くと、相手も「そうだ」と素直に頷いた。

「ひっく……はるか遠くの八丈島よ。かれこれ十年もいたが、去年、御赦免花が咲いたとかでよ、俺も〝帰国組〟に入れられたってわけだ。でも、そんなに悪くはなかったよ」

「何がですか……」

「島の暮らしがだよ……季候はいいしよ、海は綺麗だし、ザザンていう波音も好きだった……島の女たちも、なんちゅうか朗らかで、体の張りもあって、綺麗だった……ま、あんたも、かなり美形だがよ」

「流人でもかなり自由だと聞いたことはありますけど……」

「そりゃ、島人から見りゃ、咎人が来たんだから、やべえとは思ってるだろうが、御公儀から遣わされた島役人もいて、下手なことすりゃ、すぐにコレだからよ……」

男は首を斬られる真似(まね)をして、

「でもよ、食うためには野良仕事だって、漁師の真似事だって、色々とてめえでやらなきゃならねえ。小伝馬町の牢屋敷みてえなところに閉じこめられて、朝晩の飯があるわけじゃなく、てめえで仕事を探すんだ」

「そうらしいですね」

「だからよ、島の者とは仲良くしなきゃならねえんだ。そうしてるうちに、人の情けちゅうのかなあ……特に島の女の情けに触れてたら、帰りたくなくなるのよ」

「改心したってことですね」

　桜が顔を覗き込むように言うと、

「冗談じゃねえやな。こちとら、無実の罪で送られたんだから、最初は気がおかしくなりそうだったよ……島の暮らしに馴染まず、てめえの悪行に苛まれて、崖から飛び降りて死ぬ奴もいたよ」

と男は辛そうな表情になった。同じ流人船で行った〝仲間〟の中にも、何人かいると悲痛な面持ちに変わった。

「でもよ……俺は何も悪いことはしてねえから……ここが新天地だと思って、それなりに楽しみを見つけて生きてきたんだ」

　男はこれだけ身の上話をしているのだから、本当に自分は無罪で、何かの間違いで島流しにあったと思っているのであろう。真実は分からないが、桜にはさほど悪い人間には見えなかった。

「だったら、どうして帰ってきたの？　島にいい女の人がいたんじゃないの」

「え、ああ、まあな……」

　そう言ってから、男は酒を飲み、ぶるっと背筋を震わせた。

「隙間風かい……あんたは若いが、この店はかなり古いな……表の舞木戸も酷かったが、帯戸もこの竪繁格子も酷えもんだ」

障子や襖に詳しいのか、改めて部屋を見廻していた。

「——古くて悪かったな」

男のすぐ後ろには、文治が立っていたが、もちろん見えなかった。桜もまったく感じることはない。

「実の父親なのによ、徳三郎の旦那には見えて、なんでおまえには……ま、そりゃいいか……こいつ、どっかで見たことがあるなあ。素性を訊けよ、さっさと」

文治が桜に言うと、まるで聞こえたかのように、

「あなた、何処の誰なの。一体、どうして、こんな真似をしてるの」

と訊いた。すると、男は少しばかり不機嫌になって、厨房に立つと、また酒徳利から注いでグビッと飲んだ。

「美味えな……ひっく……人に言えるような話じゃねえやな。ただ……」

「ただ……？」

「人間てのはなあ、ちょっとしたことで人を疑い、間違ってても悪し様に罵り、人が傷つくことなんざ、なんとも思ってねえ」

「……」

「一度、押された烙印は、この入れ墨みたいに消えることはねえ。惚れた女にす

ら、悪く思われちゃ、立つ瀬がねえってもんだ」

「辛い思いをしたんだねえ……」

同情する目になる桜に、男はケッと吐き捨てるように言って、

「世間ての は冷てえよ……江戸にいる時から思ってたが、帰ってきて、つくづく思ったよ……だから御赦免花を恨んでるところだ。いや、〝帰国組〟を断りゃよかったんだ」

「――それでも、江戸に戻りたい何かがあったのね」

桜が問い返すように言うと、男は「うるせえやい」と声を荒げて、酔っ払った勢いから、顔をぐいと近づけて、

「本当にいい女だなあ……島の女もいいが、やっぱり江戸の女は小股が切れ上がった、粋のいい艶っぽいのが多いよなあ」

と酒臭い息を吹きかけた。

それでも、桜は平然としているので、男の方は却って面白くないのか、

「度胸も良さそうだが、おまえ、これを見ても怖くねえのか」

と腕の入れ墨をまた見せつけた。

「ええ……うちの板前にも入ってますからねえ」

「そうなのか」

「もっとも、あなたの言うとおり、前科者に世間は冷たいから、それを消すために逆に腕や背中に、彫り物を入れたって……渡世人でも博徒でもないのに、そりゃ立派な昇り龍の彫り物ですよ」

「えっ。そうなのかい……」

何を思ったか男の形相が変わって、

「おい。二階に行きやがれ。さあ……さっさとしねえか」

と付け台に置きっ放しにしていた柳刃包丁を握った。その切っ先を向けて、

「おい」と階段の方を指した。

仕方なく、桜は後ろ手に縛られたまま、階段を登っていった。

「おい。俺の娘に何をするつもりだ。てめえ、妙なことしやがると、ただじゃ済まさねえぞ。聞いてんのか、おら……」

上まで登った男がさりげなく、仏壇に目をやると、そこには十手がある。

「あっ……！　おい、まさか……」

「ええ。お父っつぁんは岡っ引でした。もうあの世に逝きましたけどね」

文治はここにいるよと自分を指さしたが、それどころではない。何をしでかす

か分からないから、その十手でぶっ叩きたいが摑めないし、突き飛ばすこともできなければ、声を上げることもできない。

「だから、落ち着いてやがったんだな……この女……」

男は柳刃包丁を手にしていたが、あまり持ち慣れていないのだろう。その手は明らかに震えている。

「危ねえな、何しやがるッ」

思わず文治が摑みかかるが、そのまま擦り抜けた。だが、何かひんやりしたものを感じたのか、男は天井や壁を見廻した。目を放した瞬間、桜はお尻を突き出すように、背面から体当たりした。

すると、男は面白いように後ろ向きに階段から転がり落ちた。

「うわあ……」

ドタン、ドテン、コロン――と下まで転がったのだ。

表戸の前で、まだ様子を窺っていた徳三郎の横に、文治がふいに現れて、

「何をぐずぐずしてるんだ。さっさと乗り込め。桜が殺される」

と悲痛な声で言った。

「だったら、文治が止めろよ」

「俺ができりゃ、やるよ。四の五の言わずに突っ込みやがれ、この！」

文治に背中をぶっ叩かれた。といっても痛くも痒くもないが、徳三郎が命じるまでもなく、店の中の物音を聞いた寛次は、表戸に水桶を叩きつけ、足蹴にして中に踏み込んだ。

階段の下では、島帰りの男が頭を打ったのか、昏倒していた。階上では、桜がへたり込んでいるのが見える。

「――徳三郎さん……遅いよ、ばかあ……」

さっきまでの気丈な桜ではなく、甘えるような声になった。すぐに駆け上がったのは、寛次で、後ろ手に縛られている紐を解いてやった。床に落ちている自分の柳刃包丁も拾って、

「怖かったでしょうね……もう大丈夫ですよ……へえ、文治親分が守って下さったんだよ……よかった、よかった」

と仏壇を見やった。

――ケツでぶっ飛ばしたのは、桜自身だけどね。凄かったなあ。

文治は桜のすぐ側で呟いていたが、もとより寛次たちには聞こえもしない。だが、仏壇の十手は燦めいていた。

階下では、まだ徳三郎が不器用そうな手つきで、男に縄を掛けていた。

「なんだ、おい。気を失ってる奴を相手に、鈍臭い奴だな」

階段の途中から、文治は呆れ果てて見ていた。

四

背の高い怪しげな浪人が見つかったのは、その日の夕刻のことだった。

事件の起きた大番屋近くの路地から、わずか三町ばかり離れた青物町、細川堀に面してある赤提灯だった。熊本藩主細川越中守の中屋敷があるので、細川堀と呼ばれているが、辺りは下町風情の町屋が並んでいる。

赤提灯の店の表や裏、近くの路地などには、黒瀬や加藤ら定町廻り同心や岡っ引らが、取り囲んでいた。

暖簾を潜って黒瀬だけが入ると、奥の片隅で酒樽を食台代わりにして飲んでいる浪人がいた。『常陸屋』の内儀が証言した人相風体の大柄な侍で、編笠も足下に置いてある。

黒瀬がゆっくりと近づくと、浪人はさりげなく振り向いた。

いかにも武芸者らしく隙のない座り方で、壁に立てかけてある刀も、すぐに抜けるよう傾けてある。年の頃は五十半ばというところであろうか。目つきはさほど鋭くないが、強面で自分よりも大柄な黒瀬を見ても、まったく動じることなく、手酌で酒を飲んでいた。

「それがし、北町奉行所定町廻り筆頭同心、黒瀬光明という者でござる。少し話を聞きたいが、宜しいかな」

紫房の十手を抜いて、突きつけた。これは、御用の筋だという意味だが、武家に向かってやるのは失礼な行為である。

だが、浪人はさして気にするでもなく、

「何ですかな」

と静かな声で訊き返した。

「今日の昼前、何処におりやしたか」

「拙者がですか」

「ご貴殿に訊いております」

「はて、何処だったかな……よく覚えてないのです」

ふざけた答えに、黒瀬はカッときそうになったが、こういう手合いは自分が熱くなったら負けだと分かっている。

「――そこもとらしき武家が、両替商『常陸屋』に参ったそうな。その店の番頭の久兵衛とは、お知り合いかな」

「久兵衛……ああ、知っているような、分からないような……」

「真面目に訊いているのです。私は名乗ったのです。そこもとのお名前は」

「ああ、それならよく覚えておる。新山信之助。元は、肥後国細川藩江戸家老付き番方を任じられておったが……」

「細川藩……越中守の……」

「だが、ちと病を患った……らしくてな、かように無聊を決め込んでおる」

曖昧な言い草に、黒瀬は俄には信じられなかった。

「両替商『常陸屋』に立ち寄ったかどうか、それをお訊きしたい。さような大藩のご家臣だった御方なら、私たち町方を下に見るのは分かりますが、きちんとお答え戴きたい」

「うむ……」

新山と名乗った男は唸りながら、天井を見上げて、どうだったかなと首を傾げた。

「久兵衛という番頭が、事もあろうに南茅場町の大番屋の近くで殺された。しかも、白昼堂々……襲った者は背後から心の臓を一突きで仕留めており、かなりの手練れの仕業だと思われる」

「さようか」

「――返事はそれだけですか」

「いや……人がひとり殺されたのだから、心を痛めないではないが、知らぬ者なら、なんと言ってよいか」

「では、『常陸屋』という両替商に覚えは？」

「それも、どうもな……」

「では、住まいはどこですかな。辞めたのであれば、越中守屋敷ではござるまい」

「あ、いや、困った……」

呟きながら首を傾げたものの、店の親父には酒をくれと注文をした。親父は少し腰の曲がった初老の男だが、黒瀬はこの店は初めてなので、尋ねてみた。

「親父。このお武家は顔馴染みか」

「顔馴染みという程ではありませんが、たまに……そうですね、年に何度かは、お酒だけを召し上がりにいらっしゃいます」

「細川家家中の者だと」

「いえ、名乗られたことはありませんが……あ、でも奥方様がおられて、迎えに来ることもございました」

「奥方……どんな感じの女だ」

「なかなかの器量よしで、口元にけっこう目立つ艶ぼくろがありましてね……おっとりした雰囲気ですが、何処か肝が据わってそうな、ご新造さんでしたよ。でも、武家ではなさそうでね。あっしは芸者上がりと見ました」

　と親父は少し嫌らしい目つきになった。

「芸者上がり、な……迎えに来るならば、屋敷はそう遠くなさそうだ」

「へえ。たしかに細川のお殿様の中間とか小者たちの屋敷も、細川堀にありますから……二八蕎麦屋金吉(きんきち)なら、あるいは分かるかもしやせん」

「二八蕎麦屋……」

「この辺りをうろついてますよ。その中間などがいる屋敷にも出向いてるので、あるいは、その御方のことも……」

　知っているかもしれないと、親父は言った。

　ふたりの話を聞いているうちに、酒が運ばれてくると、新山は目を細めて杯に注いだ。ちびちび飲むのが流儀のようだが、細川家の番方ならば、かなりの腕前のはず。隙がないのは当然だと、黒瀬は思った。

「失礼だが……差し料を見せて貰えませぬかな」

黒瀬が訊くと、新山はどうしてかなと訊き返した。あれこれ言うのが煩わしくなって、久兵衛殺しの疑いがあるので、見せて貰いたいと追い打ちをかけた。新山はほんの少し口元を歪めて、

「これはしたり……落ちぶれると、人殺しにまで疑われるか……勝手にご覧になるがよろしかろう」

と言って、壁に掛けてある刀を取って黒瀬に手渡した。油断させて斬りかかってくるかもしれないので、慎重に受け取った。

ゆっくりと鞘から抜いて刀身を見た黒瀬だが、その刀は見事な業物だと分かるほど刀身には磨きがかかっていた。

「堀川国広（ほりかわくにひろ）……でござるな」

黒瀬が言うと、新山は首を傾げて、

「そうだったような、そうでないような……」

とまた惚けたふうに答えた。

刀身にはまったく曇りがない。人を斬った直後であれば、必ず澱みや曇りがどこかにある。刀剣師が丁寧に研ぎや磨きをかけたとしても、必ず痕跡が残るものである。

「なるほど。一点の曇りもありませぬ……では、そちらの脇差しの方も拝見してよろしいでしょうかな」

疑り深い目になる黒瀬に、新山は少々、厄介そうな声で、

「武士たるもの、脇差しで人は斬らぬ」

切腹するためのものだとでも言いたげだったが、言われるままに脇差しを差し出した。これも万一を警戒して、丁寧に受け取って調べてみたが、やはり人を斬ったと疑えるような曇りはない。

「——これは失礼仕った……」

と黒瀬が申し訳なかったと謝った途端、新山の態度が豹変した。

「おい。武士を相手に、人殺し扱いをしおって、それで間違いでしたと謝って済むと思うておるのか」

「えっ……」

「人に恥をかかせておいて、己は何の責任も取らぬのか。人殺しだと疑ってかか

ったからには、それなりの証拠があるはず。それがあるなら、まだ許してもやってもよいが、ただ怪しいというだけで、人を咎人扱いするとは断じて許し難い」

「いや、何もそこまで……」

新山が立ち上がると、黒瀬の方が卑屈そうになって、両手を掲げた。

「何のために脇差しを挟んでおる。潔く、この場で切腹致せ。ならば、おぬしも町方同心としての務めゆえ、やむを得ぬことだったと、武士の一分を立ててやる」

「いやいや、何もそこまで言わずとも……役儀でござれば」

申し訳なかったと黒瀬は謝った。

妙な雲行きになったので、表からは加藤や岡っ引たちも覗いている。新山は手下たちが外にいたこともすでに承知していたようで、まったく驚く様子はなく、朗々と持論を展開した。

「己が失敗をしておるのに、腹も切れぬとは、武士の風上にもおけぬ。成敗してやるゆえ、表に出るがよい。それが嫌ならかかってこい。尋常に勝負してやる」

決して後には引かぬという態度である。しかも身構えた雰囲気では、かなりの手練れに思えた。黒瀬も新陰流の免許皆伝だが、それ以上の腕前に思えた。

「どうする！　腹を切るか、勝負か、いずれかだ！」

怒声を上げた新山の声は、居酒屋の店が揺れるほどだった。元とはいえ、細川家の重要な家臣と揉め事になったとなれば、町奉行どころか幕府を巻き込む騒動に発展するかもしれぬ。黒瀬は今更ながら、困ったと思った。

その時、店を覗いている中間たちを押しやるように、武家女が飛び込んできた。おしとやかで、昔はなかなかの美形だったかもしれぬ面差しである。

「旦那様……旦那様……やはり、ここに来ておいででしたか……」

武家女が縋（すが）るように新山に近づくと、

「誰だ、おまえは」

と突き放すように言った。

すると、店の主人が黒瀬に向かって、

「奥方様ですよ……さっき話した、時々、迎えに来ていた」

と囁（ささや）くように言って、口元を指した。たしかに奥方には艶ぼくろがある。

黒瀬が奥方に何か言おうとすると、

「何があったかは、おおよそ見当がつきますが、ご勘弁下さいまし。主人は、ちょっと頭の方をやられており、自分が誰かということも、時々、忘れるのです」

「えっ……」

もちろん黒瀬は口をあんぐりと開けたが、中間たちも吃驚して見ていた。

「そうなのですか、物忘れ……」

俄に黒瀬が同情めいた顔になると、奥方は深々と頭を下げて、

「ご迷惑をおかけしました。物忘れが酷くなり、かように徘徊までしておりまして、家も分からなくなるのです……でも、なぜか、この店がお気に入りのようで……さあ、旦那様、帰りますよ。みんなが心配してますよ」

と手をしっかりと摑んで、店から連れて出ようとした。

奥方と一緒に来ていた小者が、新山の刀を持って、黒瀬や町方中間らにもペコペコと頭を下げながら立ち去った。

見送った黒瀬は、ふうっと大きな溜息をついて、その場に座り込んだ。

「黒瀬様……事が事ですので、一応、私も新山様でしたか、かの御仁のことをお調べしておきますが……いやはや、大事にならずに済んでよかったですね」

加藤が慰めるように言ったとき、今度は若手の橋本が駆けつけてきて、

「見つかりました。見つかりましたよ」

と大声で飛び込んできた。

「な、何がだ……今、大声を上げるな。黒瀬様の心の臓が止まったらどうするの

だ」

「何か、あったのですか」

「いや、それはいい。何が見つかったのだ」

「久兵衛を刺したと思われる道中脇差しがです。事件があった近くの堀川にある船杭の下に沈んでました」

「なんと、まことか！」

凶器の発見から、事件はあらぬ方に傾いていった。

五

南茅場町の大番屋には、黒瀬を中心に定町廻りの面々が集まり、奥の詮議所には交替で詰める吟味方与力が出向いてきていた。

未だに下手人が分からぬことから、後の吟味のために確認をしておくためだ。時に、吟味方が口を挟むことがあったが、黒瀬はそれが不愉快だった。ゆえに、――予断をもって探索をしないため。

と、なるべく同席を拒んでいた。吟味方が首を突っ込んで、事件を都合良く始末することもある。だから慎重に対処したいのだ。

定町廻りには与力がおらず、同心専任なのは、上役の与力への妙な〝忖度〟を回避するためであった。事件では証言と証拠、そして自白を重んじる。そして、奉行所内での「探索・捕縛」と「吟味」とをキッチリと分けることで、真相を明らかにするためだった。本来、吟味方は取り調べには立ち合わず、詮議所で冷静に有罪か無罪かを判断すればよい。

黒瀬の前には、脇差しが置かれていた。まだ柄の部分は濡れており、鞘を抜くと人の脂がベッタリと付着していた。

不思議なことに、鳥や猪を切ったのと人を斬ったのでは、明らかに違う。これまでも黒瀬は、人殺しに見せかけるために、鳥や獣の血脂を塗りたくった刀や返り血なども検分したことがあるが、まったく違うから不思議だ。人の血脂というのは、まるで執念が籠っているように、拭ってもなかなか取れないのだ。

一見して人を斬ったものだと分かった。久兵衛の体の傷痕などと比べてみても、凶器であることに間違いはなさそうだった。

「この道中脇差しは、誰の物か分かってるのかい」

黒瀬が訊くまでもなく、すでに橋本が使っている弁蔵（べんぞう）という岡っ引が調べ出してきていた。殺された所からさほど遠くない浜町の『青柳(あおやぎ)』という茶店から、盗まれたものだという。

「その店なら俺もよく立ち寄る。主人のものかい」

苗字帯刀を許されていない町人でも、脇差しを所有するのは認められている。もちろん、町年寄や医者など〝特権町人〟なら、特別なときに帯刀しても構わないが、ふだん持ち歩くことは憚(はばか)られる。

「いいえ、店の主人の脇差しではなく、誰か旅の客人だったとか」

と弁蔵は黒瀬に説明した。

「もちろん、分かってます。千住宿の町名主・弥兵衛(やひょうえ)という者で、江戸に訴訟事で来ていたらしいのですが、立ち寄った茶店で、ちょっと横に置いてたのを盗まれたそうで」

「物騒だな」

「すぐに、弥兵衛とやらは、店の主人と一緒に、自身番に届けておりやす。が……こういう形で見つかったわけです」

「弥兵衛とやらは、どうした」

「馬喰町の公事宿に泊まっておりやすんで、今、あっしの手下が事情を伝えて、こっちへ向かってきて貰ってやす」

「そいつが殺ったのではないのか」

「まだ分かりませんが、事件があった刻限には、弥兵衛はそれこそ北町奉行に、問屋場などで起きた揉め事のため、公事師と一緒に訴状を届け出ていた頃です」

「ふむ……」

「両替商の『常陸屋』ともまったく繋がりがありやせん」

「そうか。では、その町名主の道中脇差しを盗んだ奴が、殺したかもしれぬのだな」

「だと思いやすが……八丁堀の旦那方がいつもおっしゃってるように、予断をもって決めつけるのは、差し控えてやす」

「神妙な心がけだな」

黒瀬は当然だとばかりに言ってから、弁蔵に一朱銀を手渡した。何か探索に役立ったことがあれば、定町廻り同心が褒美として金を渡すのは慣習であった。

任務が厳しい定町廻り同心とて、三十俵二人扶持という俸禄は、他の同心と同じである。貧乏同心に違いないが、奉行所の〝花形〟だと憧れられるのは、派手な捕り物をするからだけではない。諸組の同心よりも、実質の実入りが多くて暮らしが楽であり、与力に出世できるという一縷の望みもあるからだ。

かなりの年季を重ねて失敗をしなければ、概ね年番方与力になれることもある。年番方には新参者の与力がなり、宿直の仕事が多く、捕り物などのときに駆り出されるから、探索に熟知している定町廻り出身の同心がくれば、重宝された。

黒瀬くらいの筆頭同心ならば、懐の財布には常に十両や十五両は入っている。万が一、探索が遠出になったり、泊まりがけになったときに必要なのだが、自分の年俸程の金を持っているのは、町奉行から〝探索費〟として渡されているからだ。

この金の出所は、町奉行所への付け届けである。同心自身が、町人から袖の下を貰うことは厳に慎まねばならぬことだったが、町奉行所に町々の名主や商家から届けられるものは、探索や便宜をはかるために、与力や同心に分配して使われていたのである。

かような金を、黒瀬は配下の同心にはもちろん、江戸市中に何百人もいると言われる岡っ引や下っ引らに与えることで、情報収集や捕り物に役立てていた。

そのため、色々な話があちこちから、吸い寄せられるように入ってくる。かような次第で、加藤が雇っている仙次郎という年配の岡っ引からも、大きな話が飛び出てきた。

「――実はですね……この数日、妙な男が『常陸屋』のまわりをうろついてたらしいんです」

「妙な男ってのは」

「それが、島帰りらしき奴なんです……左腕のここんところに、入れ墨が」

と自分の腕を捲ってみせた。

「くっきり二本……」

「そういや、去年の暮れ頃だったたか、御赦免花が咲いたとかで、八丈島から五人ばかり、帰ってきたたな」

黒瀬が眉間に皺を寄せると、仙次郎は大きく頷いて、

「おっしゃるとおりです。で……ちょいと心当たりがあるんで、調べてみやした」

と慎重に、黒瀬はもとより吟味方与力にも意識しながら伝えた。

「その〝帰国組〟の五人のうち、三人は出が上方の者で、江戸に舞い戻ってから、すぐに東海道を上ってやす。後はひとりが上州の奴で、こいつも江戸から出てます。が、ひとりだけ……佐渡吉（さどきち）って奴が、江戸市中にいるようなんです」

「佐渡吉……」

黒瀬は首の骨をコキコキ鳴らしながら、

「そいつは、何をやらかして、島送りなんぞになったんだ。俺は覚えがねえが」

「南町が扱った事件ですからね……よくある博奕の常習犯でさ」

「博奕か……渡世人が隠し賭場なんぞを開帳してたら、死罪だがな」

「そこまでは、やってません。深川の武家屋敷の中間部屋で、手慰みにやってたのが、はまり込んでしまったようでして……他の者たちは逃げたけれど、捕まったのは、この佐渡吉だけだったから、間抜けっちゃあ間抜けでさ」

苦笑した仙次郎だが、真顔の黒瀬の顔を見て緊張し、背筋を伸ばした。

「笑うな……逃した俺たち町方が間抜けだ」

「へえ、申し訳ありやせん」

「で、その佐渡吉と、『常陸屋』には、どういう繋がりがあるんだ」

仙次郎は張りつめた態度のまま続けた。

「——もう十年程前のことですが、あっしもこの事件のことにはちょいと関わったので、よく覚えてやす……『常陸屋』の主人・清左衛門の女房の情夫だったんでさ」

「情夫……あの内儀のか」

久兵衛の亡骸を見ていたときの清楚な感じのおしのを、黒瀬は思い出していた。

「若い頃の話ですがね、どこでどう知り合ったかまでは知りませんが、佐渡吉はその頃、深川は富岡八幡宮前にある茶屋で働いていたおしのにぞっこんで、一生懸命口説いて、いい仲になってたんです。それに、おしのも応えたってわけで」

「若気の至りってわけだな……」

「それでも、ふたりは気があったのか、近所では評判の仲良しで、いずれ夫婦になるだろうって思われてやした」

「佐渡吉は何をしていたのだ」

「建具師ですよ。なんでも祖父さんの代に、上総の方から江戸に出てきて、仕事を始めたそうなんですが、佐渡吉もそれを継いで、そこそこ評判の職人だったらしいですぜ」

「だから金廻りがよくて、賭場通いか」

「でしょうね。武家屋敷の中間部屋の隠し賭場の客筋といや、商家の若旦那が相場ですが、佐渡吉も仕事で色んな大店に出入りしていたようなので、誘われたのかもしれやせんね」

「それにしても、性根がひん曲がってるから、博奕なんざするんだ。実直な職人なら、手を出さないはずだ」

　黒瀬はそう決めつけたが、仙次郎はあえて反論をせずに続けた。

「たしかに、どこかひん曲がってたんでしょうな……佐渡吉は人に金を借りてまで、賭場に出入りするようになったため、おしのとの仲も危うくなったんです……親代わりをしていた老夫婦も、別れるよう引導を渡したそうです」

「そこまで酷かったのかい……」

「で、自棄になったのか、賭場で大暴れしたそうなんです」

「大暴れ……？」

「自分の負けが込んだので、『イカサマしやがって！』などと中盆らに因縁をつけ、それで大騒ぎになったところへ、かねてより目をつけていた南町の同心たちが乗り込んだってわけで」

「武家屋敷に町方が、か」

「へえ。お奉行様ら上の方で、予め話がついていたそうですよ」

「ふむ……」

　黒瀬は腕組みをして唸ったが、今ひとつ釈然としないこともあった。他の客たちが誰も捕縛されず、肝心の武家屋敷の中間たち、さらにはその上の武家自身が、何の咎めも受けてないことがだ。

「それで……佐渡吉だけが、島送りになったわけだな……なぜ俺だけがと、かなり恨みを持ってるだろうな」

「でしょうねえ。俺なら仕返しをしたくなりまさあな」

「――もしかして、久兵衛もその場にいたってことかな。あるいは誘ったとか」

黒瀬が推察すると、仙次郎は首を振って、

「それは分かりやせんが、佐渡吉が『常陸屋』の周辺をうろついていたってことは、お内儀のおしのさんに、未練があるってことじゃありやせんかねえ」

「未練か……ありえるな……」

「そのことを久兵衛が咎め、それで逆上して刺したのかもしれやせん」

仙次郎の考えは一理あるが、黒瀬としてはやはり、一撃で心の臓を突き抜いているという腕前が気になっていた。

「ですが、黒瀬様……こうして凶器が見つかったんです。背後からいきなりなら、刺すこともできるかもしれやせんし」

「だな……」

それでも黒瀬が疑念を抱くのを、吟味方与力たちも不思議そうに見ていた。が、佐渡吉という島帰りを探すことが先決だということには、誰も異論はなかった。

六

『おたふく』の店内では、白木の付け台の前で、項垂れた島帰りの男が、徳三郎と五郎八に挟まれて座っていた。その背後には、寛次が立っている。

島帰りの男は捕縛されたままである。すぐにでも自身番に連れていって取り調べるべきだが、幽霊の文治が、

――何か事情がありそうだ。こいつは見たことがある。

と言い、逃げる様子もないので、まずはここで話を聞いていた。

「名前は、佐渡吉……嘘偽りはないな」

徳三郎が問い返すと、男は何度も頷きながら、申し訳ありませんと謝った。

あまりにも腹が空いていたが、一文の金も持っていなかったので、食い逃げしようとした。すると、桜にとっ捕まって、ビンタを食らわされたので、思わずカッとなって逆に縛り上げて、食べたいだけ食べたと、めちゃくちゃな言い訳をしていた。

だが、文治は、

――腹が減りゃ、物乞いをするか、盗みをするしかねえんだ。そういう奴が世の中にけっこういることを、忘れちゃならねえ。

と諭すので、徳三郎は情けをかけたのである。だが、油断大敵なので、五郎八と腕っ節の強い寛次が、取り囲んでいたのだ。

佐渡吉は隠れ賭場に行った罪だったことを話し、昨年暮れに、八丈島から帰って来たものの、それこそ物乞い同然の暮らしをしていたことも伝えた。左腕の入れ墨は怪我や火傷をしたと嘘をついて、常に晒しを巻いて、普請場の人足として働いて日銭を稼いでいたという。

入れ墨は誰にも見られたくないから、湯屋に行くこともめったになかった。柘榴口(ざくろぐち)から入れば、湯船や洗い場は薄暗いとはいえ、やはり人の目が気になる。

幸いこれまで昔馴染みの顔には会わなかったから、世の中の隅っこで暮らしていた。が、たまに入れ墨を見られて、

「てめえ、前科者か。やべえ奴だな。とっとと消えちまいな。おまえみたいな輩は、人足寄場が似合いだろうぜ」

とすぐに普請場から弾き出されたと、佐渡吉は話した。

「村八分どころか、徹底した虐めでさ。中にはどこまでもしつこくついてきて、違う普請場に行けば、普請方の役人に告げ口したり、わざと大声で『島帰り！江戸は良いか、住みよいか！』などとからかったりする者もいやした」

「同情はしないでもないが、それは自分が撒いた種なんじゃないのか」

徳三郎が言うと、佐渡吉はほんの一瞬、険しい目で振り向いたが、後ろ手に縛られたままなので、また気弱そうに俯いた。

「そりゃ博奕に手を出した、俺も悪かったがよ……あれは罠みたいなもんだ」

「罠……」

「なんで、俺だけが捕まって島送りにならなきゃ、いけねえんだ。隠し賭場を開いた奴も、その場にいた他の者たちも何のお咎めもなしだ……お白洲で、俺は必死に話したのに、無視されてよ」

「詳しく話してみろ」

「——いや、もういいよ、過ぎた話だ。でもよ……こんなことなら、帰ってくるんじゃなかった」

ぽつりと佐渡吉が言うと、小上がりに座っている桜が声をかけた。

「そうだよ。島にいい女がいたんなら、生涯、向こうで暮らせばよかったんだ」

振り返った徳三郎は、桜の横にちゃっかり座っている文治の姿を見た。

「なんだ、そんな所に座ってんのか」

「えっ……さっきから、ずっとここにいるわよ」

桜が答えると、徳三郎は苦笑いをして、

「話しかけたくても話せないのは、辛いもんだなあ……すぐ側にいるのによ」

と言うと、佐渡吉はうっと唇を噛んで、

「そ、そうなんです……それが一番……辛いです……」

いきなり涙ぐんだ。

「何の話だい」

「俺も何度、話しかけようとしたか……でも、こんな俺じゃ駄目だ……会うなら、ちゃんとした身になってから話に行こう……そう思って躊躇いました」

「――だから、何の話だよ。しっかり、しろよ、おい」

徳三郎が肩を軽く叩くと、佐渡吉の目にはどっと涙が溢れてきた。だが、縛られてて拭えないので、そのまま唇や顎まで垂れた。

「島から帰って来たのには、やはり何か深い事情があるようだな」

「へえ……あっしには、言い交わした女がいました……おしのと言って、富岡八幡宮辺りでは人気の茶屋娘でした」

　佐渡吉がそう言った途端、文治がアッと声を上げて、

「そうか。どっかで見たことあると思ったら、そうか……あの時の若造か……」

と思い出したと手を叩いた。

　もちろん、手の音も声も、徳三郎以外には誰にも聞こえない。振り返った徳三郎は、文治に向かってどういうことか説明しろと言った。

「この佐渡吉は、たしか権吉という表具師の息子で、酒井主水という小身旗本の屋敷内で博奕をしていて……」

　文治は、仙次郎が黒瀬に話したのとほとんど同じ事を披瀝した。

「でもって、佐渡吉は島送り、行く末を言い交わした相手の茶屋娘は……両替商『常陸屋』の若旦那と一緒になったんだ」

「ああ、だから、あの時、あんなことを……」

　徳三郎は、久兵衛を検分したときに、文治が話していたことを思い出した。

「てことは、おまえが先代の旦那に頼まれて調べたってのは、こいつのことか。島送りになった佐渡吉といい仲だったことを、先代に伝えたのかい」

「ええ、そりゃもう正直に……あっしも、仙次郎って奴と一緒に賭場に乗り込ん

だ、岡っ引のひとりでやすからね」

御用札というのは、特定の同心から貰うが、南北奉行所関係なく、他の同心の捕り物に駆り出されることは、よくあることだ。

「でも、清左衛門さんは頑に、おしのさんを嫁にすると頑張りましてね。もし一緒になれないなら、店を出て一緒に暮らす。なんてことを話してました」

「そうか……それで、父親は折れて、清左衛門さんは、おしのと一緒になることができたんだな……佐渡吉の女だったことを百も承知の上で……」

徳三郎が納得したように頷いたとき、桜は誰に話しているだという顔をしていたが、それよりも佐渡吉の方が驚いた顔で、

「旦那……なんで、そこまで俺とおしののことを……」

「え、ああ……なに、富岡八幡宮の人気の茶店女だってことで、思い出したんだよ」

誤魔化すように言ったが、話の筋は通っているので、妙に佐渡吉は納得して、

「ええ。『常陸屋』に嫁入りしたことは、島から帰ってきて知ったことですが……一度くれえ顔を見せたいな、そう思って『常陸屋』の前に立ったんだが、その時……」

十歳くらいの可愛らしい娘と一緒に、手を繋いで出てきたおしのの姿を見て、佐渡吉は思わず路地に隠れてしまった。

「おしのに似てて、そりゃ可愛い娘で、名前はたしか、おみなとか言ってたっけな……おしのも三十路になるはずだが、昔のように、いや若い頃より垢抜けてて、とても華やいでた……ハハ、懐かしかったあ……」

佐渡吉は言葉を詰まらせながら、

「でも、こっちはこんな身なりだしよ、御赦免されたとはいえ、どう言い訳したって前科者だ。俺が江戸にいるってだけで、迷惑をかけちまうと思って、声はかけなかった……なにより、幸せそうで良かったと思ってよ……」

桜たち三人はしんみりと聞いている。

「けどよ……ちょっと酒が入ったりすると、チラリと遠目でいいから、おしのの姿を眺めたくてよ……たまに、観音様でも拝むように見てたんだ……それだけで俺は……俺は幸せなんですよ……」

嗚咽しそうな声で佐渡吉は話した。涙は雨だれのように滴り落ちるばかりである。

「――そうだったのか……」

徳三郎がさりげなく涙を拭いてやり、縄を解こうとしたとき、ガラッと扉が開いて、黒瀬が軽く鴨居に頭をぶつけながら、店の中に入ってきた。そして、やにわに、

「やはり、ここか……見つけたぞ」

と、ひっ捕らえようとした。

店の外には、加藤をはじめ、弁蔵や仙次郎たち岡っ引たちも控えている。

黒瀬は、すでに縛られている佐渡吉の腕を見て、「おや？」となり、

「なんだ、おまえ、何処に行ったのかと思ったら、もう捕らえておったのか。お見事、お見事。大したもんだ」

と誉めた。

「えっ……」

「そいつだよ。島帰りの佐渡吉」

「へえ、たしかに、佐渡吉ですが、どうして黒瀬様が……」

黒瀬は久兵衛殺しの件につき、凶器や動機について粗方を説明し、早々に描いた人相書きまで見せて、

「久兵衛を殺したのは、おまえだな」

と断じた。

腰掛けから転がり落ちそうになった佐渡吉を、思わず五郎八が支えたが、黒瀬は苦々しい顔で迫った。

「おまえが、『常陸屋』の周りをうろついていたのは、何人もの者が見てるんだよ。探し廻ってたら、この辺りにいたって報せが入ってな。でかしたぞ、徳三郎」

「――ま、待って下さい、黒瀬様……」

徳三郎は立ち上がって、まるで佐渡吉を庇うように、

「こいつは表具師でしたが、刃物を扱うのは苦手なようで、道中脇差しで心の臓を一突きだなんてできっこありやせん。それに、久兵衛は古株の番頭ではありやすが、佐渡吉との接点はまったくねえと思いやす」

「……」

「そこにいる仙次郎もよく知ってると思いやすが、十年前の賭場での一件も、実のところ曖昧なまんまでやす。もう一度、キチンと調べる必要がありやす」

「おまえ誰に話してんだ。それに、その口調、気味が悪い……」

文治に取り憑かれたかのように、徳三郎は続けた。

「それに、黒瀬様がお調べなすった細川越中守の元家臣てのも怪しいもんです。

入念に調べ直された方がよろしいかと存じやす」

「黙れ、徳三郎」

黒瀬は腹立たしげに怒鳴りつけた。

「おまえは俺を舐めてるのか……それに、新山信之助のことを、なぜおまえが知っておるのだ。あの場にいなかったではないか」

「あっし……いえ私も、腕のいい岡っ引は何人も抱えていますので」

徳三郎はチラリと文治を振り返った。知っていたのなら、先に話せとでも言いたげな目になると、文治は頭を下げて、いずれ話すつもりだったと言い訳めいて呟いた。

「盗み聞きか……」

不愉快極まりない顔になる黒瀬に、徳三郎はいきなり土下座をした。

「とにかく、この佐渡吉は、私が捕らえたのですから、横取りはしないで下さいませ」

「なんだと……」

「事の真相は、きっと私が探索して暴いてみせます。その間、こいつは私の組屋敷に、厳重な見張りを付けた上で、入念に調べますので、どうかどうか」

「馬鹿者。そんなことが通用するか。誰の手柄だのという話ではない。事は人殺しだ。定町廻りが全力を挙げて……」

「分かっております。ですがッ――」

徳三郎は珍しく険しい目つきになって、両手を床についたまま見上げた。

「島帰りの者が、人殺しをした、などと世間に広まれば、御赦をした〝御赦掛り〟与力の責任だけでは済みませんよ。凶悪な者を放免したということで、お奉行の遠山様の首も飛ぶかもしれません」

「――た、たしかに……御赦を認めたお奉行の責任も……」

あるかもしれぬと黒瀬は思ったのか、苦虫を嚙みしめたような表情のまま、しばらく考えていたが、仕方がないという顔になって、

「相分かった。だが、おまえだけでは心許ない。加藤も一緒に調べに当たるがよい」

「ハハア。ご高配を賜り、有り難き幸せ。感謝の意を申し上げ奉りまする」

「なんだ、その妙な文言は……」

苛つきながらも、黒瀬は一旦、引き上げたが、岡っ引たちは張り付けておいた。

「――うまいこと言いましたね。恩赦をした奉行の責任も問われる……そんな前

例はありやせんが、なかなか機転がききますな。そこもお父上と似ていまさあ」

「余計なことを言うな……」

おもむろに立ち上がった徳三郎は、毅然とした表情に変わって、文治を振り返った。その横にいる桜が、ドキッとなった。

「いいか……黒瀬様が見逃した新山という元細川家の家臣のことを、今一度、調べろ。きっと何かある」

「――えっ……私に言ってるの？　五郎八さんじゃなくて」

目を丸くする桜に、徳三郎は真顔のままで、

「文治にだよ。とくと調べてみな」

と命じた。すると、文治はニッコリと頼もしそうに笑って、

「そうこなくちゃ。へい、ガッテンでえ！」

初老の岡っ引とは思えぬ軽やかな足取りで、嬉しそうに飛び出していった。

「五郎八、おまえもだ」

徳三郎が声をかけると、五郎八は戸惑いながらも、そそくさと出て行くのを、桜と寛次は首を傾げながら見送っていた。

七

細川越中守の中屋敷前には、色々な物売りが行き交っていた。門内に入ってすぐの所には中間部屋があり、潜り戸から出てきた中間たちが、頼んで置いた二八蕎麦を取りに来たりしている。

「金吉、繁盛してるじゃねえか」

近づいてきた五郎八が声をかけると、蕎麦屋の金吉は、「なんだ、おまえか」というような顔で、「もう売り切れた」と言った。

「おまえの蕎麦なんざ、不味くて食えるか」

「なんだと……」

「このお屋敷に、新山信之助ってお侍さんが勤めてたはずだが、知ってるかい」

「ああ、家老付きのな……」

「なんで辞めたんだい」

「さあ……中間たちから噂に聞いた話じゃ、コレで揉めたって話だぜ」

と金吉は小指を立てた。

「詳しくは知らないがな。どうせ、腹切って死んだしよ」

「えっ、切腹⁉　そりゃ、いつのことだい」

「いつって、もう三年くらい前のことだよ。御用の筋なら、お屋敷に訊けよ」

「背丈が高くて、剣術が凄そうで……」

「いや小柄で、ヤットウはからきし駄目だったらしいけどな」

「――てことは、別人か……」

「誰がだよ」

「いや、いいんだ。こっちのことだ。ありがとよ」

五郎八は何処へ行くのか立ち去ろうとするのを、文治は「おい」と声をかけたが、聞こえるはずもない。仕方なく文治は、屋敷の中にスウッと入って、中間部屋から玄関、大広間から廊下や奥座敷などを、ぶらぶら巡った。

何千坪もある大名の屋敷なんて、入ったことがなかったが、九尺二間の長屋住まいの庶民とは天と地の違いがある。文句を言っても始まらないが、百姓が作る米俵の上にふんぞり返ってる殿様の姿を浮かべて、文治は少しばかり心がクサクサしてきた。

すると、謹厳実直そうな家老・岩崎内膳（いわさきないぜん）が、険しい目つきで家来を責め立てるように声を荒げた。還暦近く見えるが、意気軒昂な態度はふだんから心身共に鍛えている証であろう。

「まだ見つからぬのか」

岩崎は借用書らしき物を複数、床に投げつけて、

「かような何百両もの借金を、死んだ新山がするわけがなかろう。奴の名を騙って、あちこちの両替商から、借金をしているに違いないのだ。仮にも我が藩の藩士だった者ゆえな、名を使われただけでも、不名誉なことじゃ」

「ハッ。鋭意、探しておりますれば」

家来が平伏して答えるのへ、岩崎は苛立って怒鳴りつけた。

「遅い。さっさとせい、高橋……儂の見立てでは、あの女が関わっていると思う」

高橋と呼ばれた家来は首を傾げて、岩崎を見上げた。

「あの女……と申しますと」

「新山が入れ込んでいた女……志摩とかいう、元は深川芸者の……ほら、我が藩でも呼んだことがある、黒子がここにある、なかなか器量よしの女……」

岩崎が自分の口元指すと、高橋はすぐに頷いて、

「ああ、志摩のことなら……でも、あの女が関わっているとは……」

「その女を、新山と取り合った曽我部という浪人者がおるであろう。そいつが、新山を名乗って借金しているのかもしれぬ。こいつには、新山も散々な目に遭ったからな」

「たしかに、考えられぬことではありませぬな……相分かりました」

高橋は何か心当たりがあるのか、すぐさま立ち上がり、屋敷から飛び出していった。

文治も後を追いかけた。

仕舞屋風だが、こぢんまりした家は浜町河岸にあった。大川に臨んだ縁側に、新山はちびりちびり酒を飲みながら、寄り添う女に封印小判を握らせた。

「いいねえ……このちょいとザラリとした紙に、ずっしりと伝わる冷たい小判の重み。なんだか、幸せが詰まってるって感じ」

女は嬉しそうに、新山の指を甘噛みした。

その時、庭先に人の気配がして、庭草や灌木がザザッと揺れた。そこに現れたのは、高橋である。他に家来が三人ばかりいる。

「志摩……だったな」

高橋が声をかけると、志摩は吃驚したような顔で、

「あら、高橋様……」

「余計な話はせぬ。そこな浪人者……名はなんという」

「……」

「新山信之助、では通用せぬぞ。奴はとうにあの世だ。しかも、おまえたちに騙し討ちに遭ったようなものだからな。まさか、うぬらふたりがつるんで、新山に金をせびっていたとは知らなんだ」

「何の話だ」

「惚けても無駄だ……新山の名を騙り、あちこちで借金をしているであろう。人相風体、そして、ボケてるふりをして女房役の志摩……おまえが迎えに来て誤魔化す」

志摩はふて腐れたように鼻で笑った。

「だから、なんなんです……知りませんよ……言っておきますが、この人の腕前は半端じゃないですからね」

脅すように志摩が言うと、高橋は抜刀して、新山と名乗る浪人に切っ先を向けた。浪人はおもむろに立ち上がると、履き物を履いて庭に降りた。

「冥途の土産に聞かせてやろう。俺の本当の名前は、柳生十兵衛」

「ふざけるな」

「嘘だと思うなら、かかってこい」

「曽我部某だったはずだが」

高橋が青眼に構えると、他の三人も素早く抜刀し、曽我部と呼ばれた浪人を取り囲むように間合いを取った。

「俺たちは町方ではない。おまえの罪を暴いて、弁償させるなんぞというややこしいことはせぬ。斬り捨てるだけだ」

「なぜ、俺が斬られねばならぬ」

「人の名を使って金を借り、我が藩に借用書を送りつけた。それだけでも武士の風上にも置けぬ所行だが……新山の仇討ちだ」

「だったら斬ってみろ」

挑発する柳生に向かって、高橋が気迫を込めて斬りかかった。だが、柳生はほんのわずかに見切って避けると、高橋の横腹を斬り裂いた――かに見えたが、帯と鞘が邪魔して、浅い傷で済んだようだ。だが、相手の刀の勢いと重みで、前のめりに庭木の下に倒れ込んだ。

その背中に止めを刺そうとしたとき、他の家来たちが斬り込んできた。柳生は返す刀で、バッサリと斬り倒した。もろ顔面に刃を受けた家来は、叫び声を上げる間もなく、棒のように倒れた。

　他のふたりが怯んだとき、

「待て、待て！」

　と踏み込んできたのは、黒瀬であった。その後ろからは、定町廻り同心たちと捕方たち十数人が押しかけてきていた。

「——どうして、ここが……」

　柳生と志摩は不思議そうな顔になった。

「遅かったか……だが、見たぞ。おまえはその腕前で、久兵衛を殺したな。しかも、志摩……おまえが人から盗んだ道中脇差しで」

「なんだ、何が起こったのだ……」

　困惑している柳生に、黒瀬は抜刀して詰め寄った。

「浪人を取り締まるのも町方の務め。逆らえば斬る。罪を認めて、大人しく縛に付くか。それとも……脇差しで切腹するか」

　前に言われたことと同じ科白を、黒瀬は返した。

　だが、柳生は呆然と立ったまま、なぜ町方が大挙して、ここに乗り込んできたのかが分からないようだった。

「うちの定町廻り同心、大間徳三郎から報せが入ってな。この屋敷に、細川家の家臣たちが来ることを摑んだのだ。おまえを始末するためにな」

「どうして、そんなことが……」

文治が一瞬にして、徳三郎との間を往復して、報せたことなど、黒瀬にすら分からないことだった。

「さあ、俺にもサッパリ要領を得ぬことだ。だがな、おまえのことは少々、俺も胡散臭いと思っていたのでな、あの後、岡っ引たちにも、色々と探らせていたのだ」

「……」

「そしたら、元深川芸者の志摩……おまえとつるんで、借金踏み倒しの騙りをしていたようだな。あの居酒屋では、俺も騙されたふりをしていただけだ」

黒瀬はニンマリと笑って、

「目の前は大川ならぬ三途の川だ……さあ、どうする」

「──しゃらくさい」

柳生が斬りかかると、黒瀬は抜刀して相手の刀を巻き取るかのように弾き飛ばし、バッサリと袈裟懸けに斬った。いや、鎖骨をポキッと断ち切っただけで、命までは取っていない。

悲鳴を上げながら悶絶する柳生を、同心や捕方が押し寄せて縛り上げた。目の前の捕り物を見て逃げようとした志摩は、灌木の枝に着物の袖が絡まって、

「私は何も知らないよ。このやろう」

などと往生際が悪く喚いていたが、あっさりと縛り上げられてしまった。

八

その夜――。

徳三郎の屋敷に、まるで人目を避けるように、清左衛門がひとりで訪ねてきた。

八丁堀組屋敷の一角、地蔵橋から亀島町川岸通りのどん詰まりにある、掘割沿いの同心屋敷が、大間徳三郎の住まいだった。

六十坪あまりのふつうの屋敷で、与力のように冠木門もつけられず、木戸片開きの小門に過ぎないが、それでも立派な武家屋敷であり、ひとり暮らしには広すぎる程だった。

「お待ちしておりました。さあ、どうぞ。小者も雇っていないので、殺風景で何のお構いもできませぬが」

来ることを承知していたように招き入れられたことに、清左衛門は驚いた。

「いや、なに、文治が報せてくれただけ……いや、虫の知らせだ」

ニコリと徳三郎は微笑んだ。

「え、虫の知らせ……」

「そんなとこです」

「黒瀬様もお話しなさっていましたが、此度の一件では、大間様のご推察が素晴らしく、久兵衛をあんな目に遭わせた浪人を見つけて下さったとか……改めて御礼申し上げます」

「当たり前のことをしたまでです」

徳三郎の謙虚さに、清左衛門は感服して、

「お若いのに、ご立派です……さすがは大間様のご子息、そして文治親分の……文治親分は本当に残念なことでした。お二方には大変、お世話になりました」

「そう言ってくれると、喜んでいると思いますよ」

「なので……こんな厚かましいことをお願いするのは、恐縮なのですが……」

「なんなりと。私ができることならば致します。役人とは、人の役に立つこと……だと父上はよく言ってましたから」

「ありがとうございます」

清左衛門は丁寧に両手を突いて、

「島帰りの……佐渡吉さんのことでございます」

「──はい」

「実は、あの人は……」

「知ってます。あなたのご内儀とその昔、お付き合いがあったそうですね」

「ええ。その節は文治さんに色々と……」

言い出しかねていたようだが、清左衛門は一度、大きく息を吸ってから、思い切ったように、徳三郎を毅然と見た。

「佐渡吉さんにもう、うちの近くに来ないように言って下さいませんか」

「……」

「久兵衛が殺されたのは、あの新山と名乗っていた、あの浪人に脅されてのことでした。私に黙って、十両が二十両、二十両が五十両と、自分の差配の範囲でですが、金を貸していたのです、言われるままに。もちろん金は返ってきてません」

「何故、番頭は脅されていたのだ。そんな大金を渡さねばならぬほど」

「あの曽我部は、何処で知ったか、佐渡吉さんとの仲のことを知っておりました。昔、賭場か何処かで見かけたのを覚えていたらしく、私ではなく、久兵衛を脅しにきていたようなのです」

「佐渡吉と関わりあることなのですね。お内儀との仲をバラすとか」

徳三郎が訊き返すと、清左衛門は大きく頷いて、

「それだけならば、別にいいのですが、娘のことをです」

「娘さん……おみなちゃんでしたね。娘さんがどうしたというのです」

「――実は、おみなは、私の子ではありません……佐渡吉さんの子です」

「えっ……そうなのですか」

徳三郎は驚いてみせたが、実情は承知しているようだった。懸命に話そうとする清左衛門を見ていて、徳三郎は気持ちを落ち着かせようとした。

「私が、おしのに出会ったのは、佐渡吉さんが島流しになった直後です……おみなを身籠もっていることなど、知りませんでした……お腹に赤子が出来たことだけでも、吃驚したのに、その父親が島流しになったことで、おしのは世を儚んで死のうとまでしました」

「そんな……」

「ですが、私はおしのに心底、惚れている。だから、お腹の子は自分の子として育てる。何があっても私が守ると、おしのに誓ったのです……その気持ちを、おしのも受け容れてくれました」

清左衛門は鼻をすすり上げた。

「――そうだったのか……」

だから先代主人は、文治におしのの身上を調べさせたのだと、徳三郎は改めて思った。

「ですが、このことはお父っつぁんでも知らないことでした。孫を身籠もったと喜ぶお父っつぁんを見ていて、言いそびれてしまいましてね……おしのと私だけの秘密なのです」

「夫婦だけの……」

「あ、いえ。番頭の久兵衛だけには話しておりました。お父っつぁんが亡くなった後ですが、店を任せる番頭に、一分の嘘もいけないと思いましてね。そしたら、久兵衛は初めから薄々勘づいていたみたいでしたが、『旦那さんご夫婦の娘さんです。これから大切に育てて下さい。私も一生懸命、娘さんに尽くします』と言ってくれました」

「いい番頭さんだ……おそらく久兵衛さんは、これ以上、金を払わないと断ったのでしょう。だが、新山はさらに要求した。寄越さないと、すべてを世間に明らかにすると……だから久兵衛さんの方が、新山を殺そうとしたのかもしれない……懐に刃物を持っていたのは、そのためだろう」

「久兵衛は、その言葉どおり、おみなを守ってくれようとしたのです。こんなことになる前に、どうして私に話さなかったのか……それが悔やまれます」

清左衛門は悔しそうに唇を噛んだ。

「でも、此度、佐渡吉さんが帰ってきたかもしれないということで……私は恐々としておりました」

「世間に昔のことをバラされると」

「そうではありません……佐渡吉さんが帰ってきたと、おしのが知ったら、私のもとからいなくなるのではないか……佐渡吉さんの所へ行くのではないか。そんな気がしてならなかったのです」

清左衛門は感情を必死に抑えながらも、精一杯、本当の気持ちを伝えようとしているようだった。徳三郎も真剣に聞いていた。

「だから……決して、おしのの目に触れないように、なんとか大間様から……」

「……」

「自分勝手な言い分だとは百も承知です。でも、娘も十歳です。物事が分かる年頃です。何か余計なことを知って、心が傷つくのではないかと……」

「それで、私にどうしろと……まさか、島に送り返せなどと言い出すんじゃ」

徳三郎がほんのわずか意地悪な問いかけをすると、清左衛門は「とんでもありません」と首を横に振りながら、

「ですが、せめて……もう店の周りには近づかないように、と……」

「悪いが、そんなことは言えない」

「えっ……」

絶望的な顔になる清左衛門に、徳三郎は説諭するように言った。

「佐渡吉はたしかに、隠し賭場に出入りしていた。それは、やってはならないことだ。だが本当なら、そんな賭場を作っていた旗本が裁かれるべきだ。でも、最小限の被害にするために、佐渡吉は利用されたようだ」

「……」

「遠島になる程の罪は犯していなかったのだろう。島での行状も良かった。だか

ら御赦免となったのだろう。このことは今後もきちんと調べると、遠山様はおっしゃってくれてる。無実とは言わないが、こうして御赦免されて帰ってきた。その者に、『ああしろ、こうしろ』ということは、誰にもできない」

「では、もし……」

「冷たい言い方だが、佐渡吉が何かしでかしたら、それはまた別に罪に問われる」

徳三郎は淡々と話した。

「たとえ本当のことだとしても、それをネタに強請ったり、嫌がるのにしつこく近づいてきたり、場合によっては遠くから見ているだけでも、脅しとして捕らえることはできる。でも、まだ何もしていない佐渡吉に、たとえお上であっても、罪人扱いはできないんだ」

「——そうですか……そうですね……」

すっかり、しょげかえってしまった清左衛門は涙ながらに訴えた。

「正直申しまして……私は、おしのと一緒になった頃には、万が一……ええ、万が一、佐渡吉さんが帰ってきたときには、おしのもおみなもお返ししようという、そういう気持ちで、育てて参りました」

「……」

「でも、少しずつ大きくなってくる、おみなを見ているうちに……もう誰にも渡したくない……おしのも、おみなも……ふたりと過ごした思い出も、楽しかったことも辛かったことも、ぜんぶ私のものなんだと、感じるようになりました」

清左衛門は何度も涙を拭いながら、

「だから、佐渡吉さんが現れるのが、怖かったんです。もう絶対に、返したくないんです……私だけのものなんです」

と感極まったときである。

隣の襖の奥から、嗚咽する声が洩れた。清左衛門が不思議そうな顔をするので、徳三郎はゆっくり立ち上がり、襖を開けた。

立ち去る気配があったものの、そこには誰もいなかった。ただ、文治が小さく頷きながら、座っているだけだった。

「——誰か、いるのでしょうか」

清左衛門が尋ねると、徳三郎は首を左右に振って、

「風のようだ……清左衛門さん、安心しなさい……佐渡吉は二度と、あなたたちの前に現れることはないでしょう……」

と囁くように言った。

清左衛門が帰った後、奥座敷に隠れていた佐渡吉が戻ってきた。そして、徳三郎に手をついて、「ありがとうございました」と丁寧に頭を下げた。

徳三郎は同情の目を投げかけて、

「俺はてっきり、ここに乗り込んできて、閻魔みたいな形相になって、清左衛門に摑みかかると思ってたんだがな」

「……」

「そうしたかったです……でも、まさか……あの娘が俺の子だなんて……」

「だからよ……分かるだろ、旦那……俺の惚れた女とその子を、あんなに幸せにしてくれたんだ……もう何も言うことないよ……手を合わせたいだけだよ」

「うむ。でもな……」

「いいです。俺はこれで却って、清々しやした。もし、おしのが悲しい辛い暮しをしてるのなら、何とかしてえと思ってたけど……これでいいんでさ」

「……」

「俺は祖父(じい)さんの故郷にでも帰って、ガキの頃から鍛えたこの腕で……もう一度、表具師としてやり直しますよ」

「——本当に会わなくていいのかい」

「旦那……殺生だから、もう……」

佐渡吉はまた涙と鼻水を流しながら、一晩中、泣いた。徳三郎は黙って、側で見守るしかなかった。

部屋の片隅では、文治も俯いたまま貰い泣きをしていた。

翌日――佐渡吉は旅立った。永代橋まで見送った徳三郎は、『おたふく』に帰って、飲めない酒だが、一杯やりたい気分だった。

店にはいると、寛次が鰻を焼いていた。

「おっ。美味そうだなあ……」

徳三郎が嬉しそうに目尻を下げると、付け台の隅っこに座っている文治が、

「だよなあ。この匂いがたまんねえな」

と答えた。タレをかけられてジュウジュウと音がして煙が立つのを、今にも食らいつきたそうに見ている。

「おまえ、匂いは分かるのか」

「そりゃ、もう……でも、手を出せねえから、なんというか、もどかしくてよ」

「腹も空くのかい」

「ずっと腹の虫が鳴いてまさあ」

「でも食えないんだろ……そりゃ、残酷なことだな」

いつものように、文治と話している徳三郎だが、付け台の中から、桜が奇異な目で、

「また誰と話してるのよ、気味悪い」

「文治に決まってるじゃないか。食わせてやっから、待ってろよ」

徳三郎は、涎を拭う文治を見て、からかうように笑った。

「——おかしなの……そんなに、お父っつぁんのこと、好きだったたっけねえ……その〝仏の文治〟親分のような手際の良さだったと、めったに誉めない黒瀬様が、ご機嫌でしたよ」

「そうなのかい？　俺には何も……」

「きっと文治はまだその辺にいて、あんたのことを陰で支えてるんだろうってさ」

「ああ、そのとおりだ」

しっかりと頷いた徳三郎の前に、鰻の蒲焼きが置かれた。文治がスーッと擦り寄ってくるのへ、徳三郎は端で鰻を一切れつまみ取ると、「ほれほれ、あーん」とふざけて見せた。文治がもどかしそうにする姿を見て、徳三郎は大笑いしてから、自分がパクッと食べた。

「はあ、うめえ……幸せえ……最高……」

そんな徳三郎の〝一人芝居〟を見ながら、

「大丈夫か、おい」

と呆れ顔をする桜と寛次であった。

それでも、徳三郎は文治を相手に、ずっとからかいながら、自分だけが実に美味そうに味わうのだった。

第三話　男の意地

一

柳の並木がある掘割沿いの道に、担ぎ屋台が数軒、提灯を掲げている。

その一軒で、徳三郎は三十絡みの浪人者と肩を並べ、温かい蕎麦を啜っていた。

着流しの浪人者は背中を丸めて、燗酒を手酌で口にしていた。

「済まないな……最後の最後まで、おまえには迷惑をかけた……」

浪人者は俯き加減で、申し訳なさそうに言った。なかなかの偉丈夫で、武士らしい意志の強そうな顔だちだ。どう見ても、徳三郎の方がひ弱で情けない侍だった。

「――どうして、あんなことをしたんです……」

屋台の親父には聞こえないように、徳三郎は囁くように話した。

「魔が差した……としか、言いようがないな」

「市村さんともあろう御方が……私はとても残念です……ですが、やったことは仕方がない。もう一度、やり直すために、きちんと罪は償って下さい」

徳三郎が真顔で言うと、市村と呼ばれた浪人者は自嘲気味に、

「おまえのお父上には大変、世話になった……これでも昔は、南町で風烈廻りだが同心もやっていた。大間さんは本当に立派な人だった。北町も南町もない。人との間に垣根を作らない人だった」

「……」

「それを引き継いで、徳三郎も良い同心になってくれ……冷えてきたな」

背中を異様なほどブルブルと震わせて、ぐいっと酒を飲んだ。徳三郎は自分が着ている羽織を、そっと掛けてやった。市村は少し嬉しそうに口元で微笑み、酒を飲み干した。

「もう一本、いいかな。今生の別れに……」

「それは大袈裟な。少しの間ですよ」

「やはり、やめとくか」

遠慮がちな目になったとき、背後に通りかかった侍が「おや」という顔で立ち

止まり、近づいて来ながら、

「――市村じゃないか」

と声をかけた。やはり浪人で、少し酔っ払っているようである。

振り返った市村は、知り合いだとすぐに分かったのか、気まずそうに顔を背けた。

「近頃はちっとも道場に顔を見せないから、忙しいとは思っていたが、いやあ、大したものだな。やはり腕が立って、学問所でも秀才ならば、町方同心として力量を発揮するのは当たり前か」

「……」

「おいおい。俺を忘れたわけじゃあるまいな……」

浪人は言いかけて、ふたりの間の腰掛けに置いてある十手に目が止まった。そして、徳三郎の顔を見るなり、

「なるほど、御用の最中か……」

と十手を手にして、軽く突き出した。

「おい、若いの。何をしたか知らぬが、この市村大五郎(だいごろう)の言うことを聞いて、ちゃんと悔い改めるのだぞ」

「えっ……」

「まだ若いんだ。やり直しは幾らでもきく。そうだよな、市村」

浪人はそう言いながら、市村の帯に十手を差してやった。

「あ、ああ……」

「俺たちもガキの頃は少々、暴れ者だったが、道場師範のお陰で、人並みにはなれた……もっとも、俺の方は相変わらずの傘張り提灯だけだがな。ふはは、また飲もう、なあ。頑張れよ」

気易く市村の肩を軽く叩いて、浪人はぶらぶらと立ち去った。それを見送りながら、

「すまなかったな……」

と市村は徳三郎に謝った。

「あいつは勘違いしていたようだが、そう思わせてくれて」

「――また、あの人と一緒に飲める時がきますから」

「いや、あいつのことは嫌いでな。未だに傘張り浪人か。女房もいたはずだがな」

どうでもいいという感じで、市村は立ち上がると、「近頃、近くなって……」

と言いながら、柳の下を潜るようにして、掘割に近い方の路地に入った。

「まったく……親父さん、もう一本だけ付けてくれるかい」

「訳ありのようですね、旦那」

親父が頷きながら、〝ちろり〟に酒を注いで、湯燗を始めた。

「あっしもてっきり、最初来たときには、羽織が逆なんじゃねえかと思いやした。若いのに立派でやすねえ」

「いや、駆け出しも駆け出しだよ」

「今日のような満月の夜は、盗っ人も出にくいでしょうから、旦那方も安心ですな」

「どうだかな……俺の父は家にいたためしがなかった……」

親父とつまらない話をしていたが、立ち小便にしては遅いと思った。

酒に酔って倒れているのではないかと徳三郎は心配になり、市村が行った路地に入ってみた。

だが、何処にも姿はない。

「?!——市村さん……市村さん……まさか……!」

徳三郎は慌てて、屋台に戻ってみたが、市村は帰っておらず、近くをあちこち声をかけながら探したものの、何処にも姿は見つからなかった。

「シマッタ……やられた……！」

やはり縄をきちんと繋いでおくのだったと狼狽したが、後の祭りである。顔見知りの上に、元は町方同心である。まさか逃げるとは思ってもいなかった。

一方、市村は——。

何処をどう走ってきたのか、両国広小路近くの米沢町辺りまで来ていた。

この辺りには札差や両替商など大店がずらりと並んでいるが、ひとつ裏通りになると深閑としており、高利貸しなどが何軒も並んでいた。適当に、その中の一軒の前に立つと、ドドドンと激しく表戸を叩いた。

しばらくして、潜り戸の目窓が開いて、

「かような刻限に、一体、何でございましょうか……」

と不審げに中から、主人らしき男の顔が覗いた。

市村は十手を掲げて見せ、

「南町の者だ。この店に賊が入ったと報せがあった。開けろ」

と命じた。

黒羽織も着ているし、目つきや態度はまさしく町方同心の威厳がある。主人は慌てて潜り戸を開けて、

「ほ、本当でございますか……うちに賊が……」

言いかけた主人の鳩尾を十手の先で思い切り突き、頭を十手で殴りつけた。

一瞬にして昏倒した主人を踏みつけるようにして、帳場に上がると、金庫や引き出しから、手当たり次第に金を摑んだ。それを近くにあった大きめの巾着に入れると、すぐさま逃げ出した。

ほんのわずかな間に盗みを働いた市村は、一目散に柳橋辺りまで走り、番小屋の前を同心姿で堂々と通り、一気に両国橋の方へ向かって駆け出すのであった。

満月は煌々と輝いていたが、市村の姿を照らすことはなかった。

その翌朝――。

徳三郎は、北町奉行の遠山左衛門尉景元から直々に呼び出された。

奉行の御用部屋の前の廊下に控えた徳三郎は、ぶるぶると全身を震わせながら、

「お、大間……と、徳三郎で、ございます……」

と挨拶をかけた。

文机の前に座している遠山が険しい顔で振り向き、

「声が小さい。ハッキリと名乗れ」

「は、はい……お、おうま、が、と、とき、ときさぶろう……で、でございます

る」

「なんだ。〝逢魔が時三郎〟だと……いつから、そんな名前になった」

意地悪な表情で、遠山は聞き返した。

「そういや、近頃、おまえは、死んだ文治(ぶんじ)に会ってると同心仲間たちに話しているらしいが、幽霊が見えるのか」

「あ……ええ……幼い頃は、時々、見えておりました。はい……誰も信じては、く、くれませんでしたが、時々……知らない顔の幽霊も、み、見えたことが……」

「ふざけるなッ。では、逢魔が時三郎とやら、昨夜、おまえが連れていたのも、幽霊だと申すのか。言うてみろ」

「も、申し訳ありません……」

額に流れ落ちる汗を手の甲で拭いながら、徳三郎は懸命に説明をした。だが、立ち小便に送り出した市村に、逃げられたということを、誰が信じようか。しかも、定町廻り同心の証とも言える黒羽織と十手ごとである。

市村は、元南町奉行所同心の身であったとはいえ、博奕(ばくえき)の金欲しさに、町人を脅して財布を奪った疑いのある咎人である。縄を掛けもせず、蕎麦を食わせて酒まで飲ませるという、捕り物の決まり事すら守っていなかったことに、遠山は厳しい口調で叱りつけた。

「向こう一月、謹慎を申しつく。もし、他に何か事があれば、同心職を剥奪の上、切腹もあり得るゆえ、さよう心得よ」

「――は、はい……」

泣き出しそうになる徳三郎に、遠山は険しい顔つきのままで、

「大間栄太郎の倅ゆえ、多少は目をかけてやったつもりだが、それも間違いだった……己の不明を恥じているところだ」

と深い溜息をついた。

その時、定町廻り筆頭同心の黒瀬光明が転がるような勢いで、廊下を駆けてきて。

「お奉行にお報せ致します。火急の報せでございます」

「何事だ。落ち着いて話せ。おまえらしくもない」

と野太い声で訴えた。

「ハッ。ご無礼仕りました。実は、そこな……大間徳三郎が取り逃がした市村大五郎が、米沢町の札差『出羽屋』に押し込み、切餅や封印小判など都合百八十余りを盗んで逃げました」

「なんだとッ。確かなことか」

「はい。襲われた『出羽屋』は札差と申しましても、高利貸しの類ですが、市村とは縁はないそうです。ですが、南町の風烈廻昼夜廻りをしていた頃がありますので、『出羽屋』の主人は、顔を覚えていたそうです。しかも、黒羽織に十手を示されたので、てっきり御用の筋と信じて……」

主人は額が割れ、肋が折れるほどの怪我をしていることを伝えた。

さらに、町方の姿をしていたので、橋番や自身番などの番人が何人か見かけているが、特に不審には思わなかったそうだと、黒瀬は話した。そして、風呂敷包みを差し出して広げた。

「ご覧のとおり、徳三郎の羽織と十手が両国橋の東詰、回向院の境内に棄てられていたそうです……徳三郎の報せを受けて、夜通し探していたのですが、市村は本所深川辺りに潜んでいるのか、あるいはもっと遠くに逃げたかもしれません」

「うむ……」

遠山は羽織と十手を見て、

「たしかに、俺が与えた小十手だな」

「も、申し訳ありません……」

徳三郎は平伏して謝ったが、遠山は険しい顔のままである。

黒瀬は自分の配下の者がやらかしたことなので、やはり恐縮したまま、奉行からの叱責を待っていた。

「徳三郎……謹慎では済まぬようだな……十手返上、さらには同心の身も棄てねばなるまい。さよう心得て、まずは組屋敷にて謹慎しておれ。よいな」

「は、はい……承知仕りました……」

徳三郎が平伏すると、遠山は黒瀬に向かって、

「こやつに見張りを付けておけ。一歩たりとも屋敷から出すな。余計なことをして、さらに迷惑をかけられては困るのでな」

と命じた。

黒瀬もハハアと平伏するしかなかった。その黒瀬の後ろに、文治が立っていた。

その姿を見て、徳三郎は思わず、

「何処に行ってたんだよ。肝心な時に。ゆうべだって、おまえがいりゃ逃がさなくて済んだんだ。そもそも、市村様は立派な御仁だ。父上が信頼していた同心だ。だから、縄で引っ張るなんてことをしてはならない。武士は己が身の処し方を知っている。だから、お縄は無用だ。むしろ無礼だと言ったのは、おまえじゃない

か」

と一気呵成に言った。

啞然として聞いていた黒瀬だが、遠山が声をかけた。

「そんなことを言ったのか、黒瀬」

「ば、ばかな……出鱈目を言うな、無礼者め！」

さすがに黒瀬は自分に言われていると思ってカッとなり、町奉行の前であることも忘れて踏み出て、バシッと徳三郎の頬を思い切り平手打ちにした。

「あたた……あたたた……」

情けない声を上げながら、傾いた体を戻して見やると、文治の姿は消えていた。

二

徳三郎が謹慎、自宅蟄居を命じられたことを、桜が知ったのは、その日の昼下がりだった。下っ引の五郎八が報せたのだ。

桜は気になって、組屋敷を訪ねようとしたが、

「今は、誰とも会っちゃいけねえ決まりなんでやす。たとえ親兄弟でも」

と五郎八は言った。

屋敷の裏と表には、臨時廻り同心の加治秀之助と岡っ引が三人ばかり見張っているという。

「まるで罪人扱いでやすよ……逃げた奴が悪いのに、これじゃあんまりだ」

五郎八は不満を漏らした。桜も胸が詰まる思いだった。自分の弟同然の徳三郎の身の上を案じているのだ。事情を知った桜は溜息混じりで、

「あの子は、小さい頃から、情け深いからねえ……自分のお菓子でも、もっと小さな子にぜんぶ上げてしまうような子だった……情けが仇になったわけね」

「へえ。あっしがちゃんとついていれば良かったです。徳三郎さんも何か思うところがあったのでしょう。ふたりきりになりたいと言ったので……」

五郎八は自分の頭をコツンとやったが、桜は気にすることはないと慰めた。

「でも、もし同心の身分を奪われるようなことになれば、お父っつぁん悲しむかもしれない……どうしよう、寛次」

不安が募る桜に、寛次は慰めるように、

「女将さん……何かの間違いですよ。文治親分も見守ってくれてますから、きっと良い方に転がると思います」

「だといいんだけど……」

料理の下拵えも手がつかなくなった桜に、寛次はかける言葉もなかった。

そこへ――

「お邪魔しやすよ」

品の良い紬の羽織姿の商人風の男が入ってきた。

「あ、まだ、暖簾を出していないのですよ」

と桜が断ると、寛次はなぜか迷惑そうな顔になって、

「ちょいと今、立て込んでますんで」

明らかに追い返そうとすると、商人風は構わず店の中まで来て、

「俺だよ、寛次……分からないのかい」

と顔を覗き込んだ。

「すぐに分かったよ。忠吉だろ。噂には聞いてるよ。文治親分は亡くなった。残念だが、おまえの力にはなれねえよ」

素っ気なく言う寛次に、忠吉は薄ら笑いを浮かべて、

「何年かぶりに会ったのに、随分とつれないじゃないか。それに俺はもう忠吉じゃないんだ。ちゃんと『大黒屋』って屋号のある商人で、名前も忠右衛門と改め

た」

「知ってるよ。昔の仲間の面倒も随分と見ているそうじゃねえか」

寛次は表情を変えずに答えて、桜に向かって、目の前の男のことを紹介した。

「こいつは昔、俺とよくつるんでた奴でさ。文治親分の手も随分、煩わせたが、俺と同じでスッ堅気になれたってわけで」

「俺と同じ……な」

忠右衛門と名乗った上品な商人は、如何にも「俺とおまえは違うぞ」と言いたげな顔をしていた。だが、余裕の笑みで、

「文治親分のことは、風の噂に聞いた。娘さんの桜さんですよね」

「あ、はい……」

「よろしかったら、親分さんの仏壇を拝ませて貰えませんか」

「ええ、それは結構ですが……」

桜はチラリと寛次の方を見た。あまり良い関係とは思えなかったからだ。だが、寛次は小さく頷いて、

「いいんじゃございませんか」

「あら、そう。じゃあ」

と桜は、忠右衛門を二階に招き上げた。

その様子を寛次は下から覗っていたが、表情は硬いままだった。魚を捌いていた包丁にも気が入っていないようだった。

忠右衛門は仏壇の位牌と十手を見てから、目を瞑って合掌した。そして、おもむろに懐から小判を一枚取り出すと、仏壇に置いた。

「あの……」

桜が訊こうとする前に、忠右衛門が言った。

「これは、生前、親分さんに借りていたお金でございます」

「一両も……」

「はい。もう十年以上も前になりやす。そして、これは……その間の利子です」

と言って、封印小判をひとつ置いた。

「えっ……こんなに。駄目ですよ、そんな……お父っつぁんが一両、お貸ししたのなら、それだけでいいです。いつだって利子を取るような人じゃありませんし、こんなに……」

封印小判を返そうとしたが、忠右衛門は無理矢理、押しつけた。

「いいんです。それ以上のお世話になったんですから。できれば生きている時に、この姿を見て貰いたかった」

　そう言って忠右衛門はもう一度、手を合わせて、さっさと階段を降りた。そこには寛次が立っており、

「どういう了見なんだ、忠吉」

「――忠右衛門です」

「一両のことなら、俺も知ってる。借りたんじゃなくて、おまえが人様の財布から盗んだんだ。それを親分が代わりに返した……そうだったよな」

「……」

「ありがたく一両は返して貰うが、あんな大金、受け取るわけにはいかねえ。持って帰ってくれ」

　階段の上では、桜が困った顔をしている。

「まあ、そう粋がるなよ、寛次……そりゃ、文治親分は、俺よりおまえの方を可愛がってて、よく寛次を見習えって言ってたよ」

「……」

「腕利きの板前になって、この『おたふく』もこの辺りじゃ繁盛してるそうじゃないか。でもよ、俺は俺で手代として長年働いて、どうにか人並みに商人として

生きてる。どうしても、親分に礼をしたかっただけだよ」

「……」

「昔の仲間なら、俺の気持ちも汲んでくれよ。分かるだろ。俺は……おまえを恨む事で、今日まで生きてこられたんだからよ」

最後の方の言葉には力が込められていた。忠右衛門は階上の桜に今一度、腰を折って礼をすると、傍らの五郎八をチラリと見てから表に出ていった。

「——なんなんだ、あいつは……」

五郎八が睨（にら）みつける目で見送ると、寛次が溜息混じりに言った。

「薬種問屋『大黒屋』の主人に収まってんだよ」

「えっ……もしかして、神田橋のところにある、あの大きなお店の……」

「ああ。そうだ」

「へえ。そりゃ凄え……神田橋御門外の平川堀の辺りには、御老中の酒井雅楽頭（さかいうたのかみ）様や若年寄の牧野但馬守（まきのたじまのかみ）様の上屋敷などがズラリとあって、『大黒屋』はまるで、御殿医扱いらしいじゃないですか」

「……」

「いやあ、そんな凄い人と昔馴染みなんですかい。こりゃ、吃驚仰天（びっくりぎょうてん）だア」

わざとらしく、ひょっとこのような顔をしたが、寛次の表情は暗いままだった。いや、さらに嫌な黒いものが広がっていた。

神田橋を渡ってすぐの『大黒屋』の金看板は、一際大きくて目立っていた。商人たちが大勢、出入りしているが、客筋には武家も多く、裃や羽織に両刀を差した姿ばかりなので、店には威厳があった。これだけ武士が出入りしていると、防犯の役にも立っていることであろう。

忠右衛門が帰って来ると、番頭や手代たちが大袈裟なくらいな態度で出迎えた。まるで殿様のような態度の忠右衛門も、すっかり板についている。

そんな店の様子を――。

少し離れた所にある茶店から、浪人がじっと見ていた。そこへ『大黒屋』から出てきたばかりの薬売りの荷を背負った商人が、近づいてきて、横に座った。

「なかなか尻尾を出しませんが、旦那の睨んだとおり、『大黒屋』が元締めであると思いやす。商人ではない妙な連中も出入りしておりますので」

薬売り商人はひそひそと話して、浪人に伝えた。

「妙な連中とは、どういう奴らだ」

「あっしが何人か後を尾けて調べたのは、これに書かれているとおりです」

薬袋を出して、そっと手渡した。

浪人がそれを開けて見ると、中には処方箋のような紙切れがあって、数人の名前や住まい、仕事などが書かれているようだった。

「植木屋に大工に、鍛冶に桶屋……町名主までいるではないか」

「へえ。色んな所から広がってるのだと思いやす……あっしが今、差し出したように、『大黒屋』の薬袋ならば、中身が阿片だなんて、誰にも怪しまれることはありやせんからね」

阿片とは芥子の実から作る麻薬である。

浪人は眉間に皺を寄せて、商人に指を立てた。

「シッ……小売りを捕まえたところで、『大黒屋』が知らぬ存ぜぬを決め込んだら、そこで終いだ。どうせ、蜥蜴の尻尾切りをやるだろうからな」

「主人の忠右衛門だけではなく、番頭の夷兵衛も深く関わってるようです。そこに書いている奴らが来ると、必ず裏の離れに通して、あれこれ指示を出しているようですから。他の手代たちが、どこまで知っているかは分かりやせん」

「そうか。ご苦労だった……今に見てろよ。必ず、この手でお縄にしてやるからな」

浪人の目つきが鋭くなると、商人が心配そうに、

「堀切の旦那……娘さんが犠牲になったから、お気持ちはお察ししやすが、後は俺たちに任せて下せえ。必ず吉報を……」

「余計なことを言うな」

「でも、此度の一件は、目付らも動いているほどの事件です。てことは、あの『大黒屋』ひとりで出来ることじゃねえと思いやす。旦那の娘さんが狙われたのも、もしかすると敵は旦那の探索に気付いてて、わざと……」

「もうよい、壮吉。とにかく、おまえは『大黒屋』の動きから目を放すな。よいな」

堀切と呼ばれた浪人は——隠密廻り同心の堀切多聞であり、壮吉はその手先として色々な変装を駆使して、表沙汰になりにくい事件の探索をしているのである。

「あいつが、まっとうな商いをするわけがねえんだ、忠吉……目にもの見せてやる」

昔の名前も知っているようだった。決然と『大黒屋』の看板を見上げる堀切の目つきが、刃物のように鋭くなった。

三

八丁堀の町御組屋敷は、本八丁堀通りから亀島町川岸通りなどに囲まれるように、広範囲に亘ってある。

その一角、薬師堂裏に徳三郎の屋敷はあったが、南茅場町の大番屋にも近いことから、この辺りには〝御用小屋〟と呼ばれる岡っ引の溜まり場があった。

常に二、三十人の御用聞きである岡っ引や下っ引が屯（たむろ）している。何かあったら、手伝いに飛んでいくことになっている。このような岡っ引同士の落合場所は、八丁堀内だけでも数ヶ所あった。もっとも、陰の存在であり、どの与力や同心が誰に御用札を渡しているか、などということは、町奉行は与り知らぬことである。

この中から、徳三郎ら廻り方の屋敷に、三人ばかり赴いて、下男のように庭掃除などをしているのが日常風景であった。

だが、今日は臨時廻り同心の加治秀之助が門前に立ち、三人の岡っ引が屋敷の周辺を巡廻していた。まさに蟄居謹慎中の身分であるから仕方がないが、下っ引の五郎八ですら近づけない厳しさであった。

その屋敷の一室では、徳三郎がゴロンと寝転がって、天井を見ていた。

――どうせ、俺には向いてないんだから、丁度、良かったんじゃねえかな。

と心の中で呟いたら、

「そんな了見はいけやせんよ」

文治の声が聞こえた。ハッと飛び起きると、薄暗い仏間に、文治が座っている。栄太郎の仏壇に向かって合掌しているが、徳三郎は、「仏が仏に手を合わせてやがる」と思った。

「仏といっても、私はまだ正式にはなってやせんがね」

と文治が答えた。

「――おい、文治……おまえ、俺の心の中の声まで聞こえるのかい」

「へえ。時々ではございますが」

「気持ち悪いな……」

「仕方がありやせん。耳栓もできねえものですから」

文治は居直ったように言ったが、徳三郎は俄に腹が立ってきて、

「おまえさ……市村さんが逃げたとき、なんで教えてくれなかったんだ。こっちは、燗酒まで追加してやってたのに、大間抜けじゃないか……あ、思い出した。

ガキの頃、大間徳三郎だから、大間抜け徳三郎とよくからかわれた。腹が立ってきた」

「でもって、こんどは、逢魔が時三郎と、奉行直々にからかわれましたな」

軽く噴き出すように文治は笑って、

「でも、あっしが見えるんだから、やはり徳三郎さんは、子供の頃、人が見えないものが見えてた才覚がまだあるんですね」

「才覚かよ」

「そりゃ人にない才能ですから、大事になすって下さい。幽霊が出るのが、大体、逢魔が時ですから、ピッタリじゃないですか」

「冗談じゃない。こっちは怖い思いをしただけだったよ」

「あっしのことも怖いですか」

「おまえは怖くはないが、ちと気味が悪い……それより、なんで市村さんを……」

「分かっておりやす」

文治は申し訳なさそうに頭を下げて、

「注意はしてたんですが、あの夜は煌々と輝く満月で……見失いやした」

「なんで、満月が……」

「あっしは光に弱いんですよ、眩しくて……なんたって幽霊ですから」

「だって、いつも昼間だって出てくるじゃないか」

「でも、部屋の片隅の薄暗い所とか、どんより曇ってるときとか、雨の日とか、それこそ夕暮れの後とか……」

「そういわれりゃ、そうだが」

「今日は雨戸も閉め切ってるから、心地いいでさ。あっしもね、自分の苦手なのが光なんだなあって、改めて気づきやした。へい」

「自分で感心するなよ。どうしてくれるんだよ。お陰で俺は、こんな目に……もっとも、別に辞めてもいいけどさ」

「そんな了見はいけやせんよ」

「いや、辞めた方が気が楽になっていい。どうせ俺には向いてないし」

「向いてやすよ。あっしの目に間違いはありやせん」

「あっしの目に間違いはない？」

「へえ」

「だったら訊くが……」

徳三郎は急に神妙な顔つきになって、

「桜は、俺のことをどう思ってんのかなあ……一度でいいから、おまえの父親としての意見を聞きたい」

「どうって、おっしゃいやすと……」

首を傾げて訊き返す文治に、徳三郎は今度は誤魔化すように、

「いや、いいんだ。忘れてくれ。どうでもいいことだ」

と突き放すように言った。すると、文治の方が、少し真顔になって、

「いえね……こんなことを言っちゃなんですが、長馴染みとしては、徳三郎さんと桜はあまりにも気が合うものだから、嫁にどうかなあ、なんて冗談で栄太郎の旦那に話したこともあるんですよ」

「えっ、そうなの……」

俄に徳三郎の顔が少年のように紅潮した。

「ほら、ひとつ年上の女房は金の草鞋を履いてでも探せって言うでしょ。みっつもよっつも離れてりゃ、姉さん女房もいいところですが、旦那は笑ってただけです。へえ、町人が武家に入るなんて、とんでもねえことですしね」

「武家と言っても、三十俵二人縁の下の下だ」

「ですから、そんなふうに卑下しちゃだめですよ。立派なお武家様です」

「そうかねえ……」

「ええ。そりゃ、あっしだって、桜がどんな男と一緒になるか気がかりです。それも成仏できねえ理由のひとつかもしれない。でもね、ふたりは姉弟みたいなものだから、夫婦となりゃまた別物だから、何とも言えやせんや」

　そこまで話してから、文治はアッと徳三郎の顔をまじまじと見て、

「もしかして、旦那……まさか桜に〝ほの字〟なんですかい」

「いや、そういうわけじゃ……」

「ああ、そうでしたか、そうでしたか」

　文治は嬉しそうにポンと手を叩いて、にこにこ笑いながら、

「だったら、尚更、同心稼業に励んで貰わないとね。へえ、さっき訊かれた、父親の思いです。無職で借金だらけの男なんかに、嫁にはやれませんから。世の中、そういう輩が多いでやしょ。特に、女を騙す阿漕な奴に」

　ともう一度、深々と頭を下げた。

「今後とも宜しくお願い致しやす。大旦那にもお誓いしやした。徳三郎さんを一人前にするまで、あっしは往生できません。だから、此度のことも、あっしが責任をもって解決致しやすから、どうかご安心下さいませってね」

「解決……俺が身動きできないのに、どうやって解決するんだよ。市村さんは押し込みの罪まで重ねたんだぞ、おい」

「ですから、あっしにお任せ下せえ。徳三郎さんは、ここでデンと構えてて下せえ」

「デンとねえ……」

徳三郎は、ゴロンと大の字になって、

「俺が寝てる間に、物事がすんなり上手くいきゃ、それこそ俺は用無しってわけだ」

「そのように拗ねる癖はおよしなせえ。桜も言ってるでしょ」

文治はそっと徳三郎に近づいて、

「市村さんはね、えらいことに手を染めていた節がありやす」

「えらいこと……なんだい、そりゃ」

「もう少し調べてみないと、キチンとしたことはまだ言えませんが、これは稀な大捕物になるかもしれやせん」

「だから、なんだよ。気になるよ……」

「そうして、気になるってことは、町方同心の気質にピッタリでござんす。謹慎どころか、大手柄を挙げて、またぞろお奉行や黒瀬様を吃驚仰天させてやろうじゃありやせんか。では、あっしはこれで」

一方的に言って、文治は壁に吸い込まれるようにすっと消えた。

「なんだよ、おい、文治！」

大声で呼ぶと、雨戸が外からドンドンと叩かれて、加治の声がした。

「さっきから声が聞こえておったが、まさか誰か入れておるのではあるまいな」

「——誰もいませんよ」

「今度、大声を上げると縛り上げなければならぬから、自制しろ、自制を」

加治は苛立(いらだ)った声で命令した。徳三郎は寝転がったまま、何も答えなかった。

その頃——。

市村は編笠を被り、手っ甲脚絆という旅姿で、葛西村の方に向かっていた。

江戸川の渡し船に乗るため、船着場に急ごうとすると、近くの茶店の裏から、数人の渡世人が駆けつけてくるや、いきなり市村を取り囲んだ。

市村は身を屈めて腰の刀に手をあてがった。相手がどういう連中なのか、察しがついているのであろう。

「貴様ら、ここまで追いかけてくるとは、執念深い奴らだな」

牽制するように、わざと刀を立てて鯉口を切ると、相手は市村の腕を知っているのか、サッと飛び退りながらも、素早く道中脇差しを抜き払った。

船着場にいた渡し船の客たちは、その光景を目の当たりにして、悲鳴を上げた。これは、まずいと判断した船頭は、桟橋を蹴ると離岸して勢いよく漕ぎ始めた。

チラリと振り返った市村に、渡世人風の兄貴格が声をかけた。

「慌てずとも、三途の渡し船には乗せてやるから、安心しな」

「さようか。それは有り難い。ならば、おまえたちも一緒に旅立つか。ひとりじゃ退屈だからな、船の上で花札でもやるか」

「しゃらくせえ」

後から、渡世人のひとりが斬りかかった。だが、まるで背中に目がついているかのように市村は避けて抜刀し、相手がたたらを踏むその肩をバッサリと斬った。

「うわあッ」

血飛沫を上げながら、その男は地面にぶっ倒れ、痙攣しながら絶命した。壮絶な死に様を見て、他の者たちは一瞬、怯んだ。

「済まぬな。先に乗っててくれ。後、ひいふうみい……四人乗るから、沈まないような大きめの船を頼んだぞ」

市村は渡世人たちを睨みつつ言いながら、横合いから斬り込んできた奴もバッサリと斬り倒した。すると他の三人は、青ざめて逃げ出した。だが、兄貴格が河原の石ころに躓いて転んだ。

その目の前に、市村の切っ先が突き出された。

「俺を殺れと命じたのは、『大黒屋』か。それとも……」

「だ、大黒屋忠右衛門だ……用心棒のくせに、アレをくすねて横流ししてたから……ゆ、許せねえって……」

「ちゃんと金を払わない方が悪いとは思わぬか」

「し、知らねえよ……俺は……こっちだって、頼まれただけなんだ。あ、あんたにゃ、恨みなんて、ねえし……」

「金で請け負ったってことだろ」

「ま、まあ……」

「てことは、俺がおまえに金で頼んだら、忠右衛門を殺せるか」

「えっ……」

意外な目になった渡世人だが、市村は切っ先を突きつけたまま、懐から封印小判をひとつ投げ出した。

「それで、どうだ。おまえになら、忠右衛門は安心して近づくんじゃないか？」

震えながら渡世人は、市村を見上げている。

「奴はどうせ、お上に狙われている身だ。昔のことを穿り返されれば、必ず獄門になる奴だ。おまえが殺しても、お咎めはない」

「ほ、本当か……」

「ああ。捕らえようとしたら逆らったので斬った……それでいい。奴は阿片の売人の元締めだから、死んでも誰も同情などせぬ。却って、おまえは誉め讃えられるだろうぜ」

「……」

「奴によって、苦しめられている大勢の人々を救うためにも、おまえも任侠を打ってるなら、思い切ってやってみな」

唆すように言う市村の目は、少し泳いでいた。明らかに、自分も阿片を吸っていて、それが欲しくて堪らないという感じだった。それを察した渡世人は、

「――あんたも……やってたのかい」

「無理矢理、忠右衛門にな……だが、俺は二度とやらぬ……さあ、どうする。世

のため人のために斬るか、それともここで……」

「待て……なら、なんで、あんたが斬らねえんだよ。その腕なら簡単に……」

「一歩も近づけないからだ。おまけに、こっちはハメられて咎人にまでされた」

「……」

「さあ、どうするッ」

苛ついて市村が迫ると、相手は何度も頷きながら、「やる」と答えた。

「名を聞いておこうか……」

「鮫吉だ……必ずやる。俺も忠右衛門のことは、好きじゃなかったんだ。本当だ……なぜなら、妹を阿片漬けにされて、それで仕方なく、俺は阿片を得るために……」

作り話ではなさそうだった。忠右衛門に同様なことをされて、手下に使われているのは、何人もいるからだ。市村は自分の体を使われたということだ。

「——よし、信じてやる……だが、打ち損じたり、逃げたりしたら、俺も元は町方同心だ。草の根分けても探し出して、このふたりと同じ目に遭わせてやる」

「わ、分かったよ……」

市村が刀の切っ先を放すと、鮫吉は封印小判を握りしめ、一目散に駆け出した。

見送る市村の目は朦朧としてきた。張りつめていた気迫がなくなると、立っているのもやっとのようであった。

そんな様子を――。

栈橋の番小屋の薄暗い所から、文治がじっと見ていた。

四

玄関戸を開けて、顔を出した徳三郎に、加治は険しい顔で近づいて来ながら、

「駄目だ、駄目だ。何処へ行くんだ。庭にも出ちゃならぬ。よいな」

と中に押しやった。

徳三郎よりも一廻りくらい年上で、〝三廻り〟同心だから腕っ節も強く、顔つきもやくざ者みたいだ。

「分かってます。でも、聞いて下さい。今すぐ、神田橋の薬種問屋『大黒屋』に行って下さい。主人の忠右衛門が、何者かに殺されるかもしれないんだ」

「――はあ……」

「急いでくれ。相手は徒歩だから、まだ深川にも戻ってないかもしれないが、先

廻りして止めないと、えらいことになる」

「何の話をしてるんだ、こら」

「狙ってるのは、たしか……鮫吉だ……そう鮫吉って奴が、市村さんに頼まれて、忠右衛門を殺そうとしている」

「……」

「本当だ。札差から盗んだ金を渡して、殺そうとしてる。その前に、市村さんは、江戸川の渡しで、ふたりの渡世人を斬った。こいつらは、『大黒屋』が放った者なんだ。それを逆手に利用して、市村さんは、忠右衛門を狙わせたんだよ」

「——見たことみてえに言いやがって……」

「文治が見てきたんだ」

「おまえな……暗い部屋の中で、夢でも見たんじゃねえのか。どうかしてるぜ」

相手にせぬとばかりに、戸を閉めようとする加治に、

「嘘だと思うなら、岡っ引でもいいから使いに出して、せめて忠右衛門に報せて下さい。こいつは阿片の元締めなので、忠右衛門が殺されると真相が分からなくなるんだ」

と切羽(せっぱ)詰まったように言った。

「おいおい……おまえこそ、ヤバいことやってるんじゃないだろうな、謹慎を良いことに……中に入るぞ」

強引に玄関の中に入った加治は、薄暗い部屋の中を隅々まで、家探しでもするかのように見て廻った。特に異常はない。

「本当なんです、加治さん……私もまさか市村さんが阿片の売買に関わっていたとは、みじんも知りませんでした。詳しいことは私も知りません。でも……もし、あの『大黒屋』がそんな阿漕なことをしてたとしたら、こりゃもう大変なことだ」

「……」

「それを暴けば、加治さん……あなたは大手柄になりますよ」

「ふん……ほざいてろ。俺の任務は、おまえを見張っていることだ。そんな作り話をして、隙を見て逃げようって魂胆だろうが、そうは問屋が卸さぬ。これ以上、ガタガタぬかすと、外から板を打ちつけるぞ」

そう言いながら、加治は玄関から出ていって、戸を閉めた。だが、その目がふと何かを思いだしたように、キラリとなった。

「――そういや、隠密廻りでは、阿片がどうたらこうたら言ってたなあ……おい、竜雲。ちょいと来い」

門ならぬ木戸の所にいた、大柄な岡っ引に声をかけた。元勧進相撲の力士で、四股名(しこな)をそのまま通り名にしている。

腰を屈める竜雲の耳元に、加治は何やら囁いた。


その夜――。

薬種問屋『大黒屋』を訪ねて来る渡世人姿の鮫吉がいた。人目を憚(はばか)り勝手口から声をかけ、裏木戸から中に入った。

行灯明かりが手入れされた庭木や石灯籠を照らしている。

離れから、番頭の夷兵衛が声をかけた。商家の番頭には見えぬほど、体つきが堅牢そうで、主人の忠右衛門を凌(しの)ぐほどだった。

「――始末したか……」

夷兵衛が声をかけると、鮫吉は平身低頭で、

「それが、市村のやろう、かなりの手練れで、子分がふたり斬り殺されやした」

と答えた。

「討ち損ねたってわけか。おまえらの腕をして……で、のこのこ帰ってきた……」

「申し訳ありやせん。他のふたりも恐れをなして逃げ出しましたが、あっしはせ

めてお詫びをしなけりゃと思い、こうして……」

「そうかい、律儀なものだな」

「本当なら会わせる顔がないのですが……」

鮫吉が頭を下げると、夷兵衛は卑しい目つきになって、

「失敗したんだから、後の金はないぞ……それぞれに二両やったんだから充分だろ。死んだ奴には可哀想なことをしたがな」

「そう思うのでしたら、香典代わりに色をつけてくれやせんかね」

「なに……」

顰め面になる夷兵衛に、鮫吉は欲惚けた顔つきになって、

「逃げた奴は後で見つけて、口封じに始末しますが、殺されたふたりには、それぞれ二十五両、しめて五十両頂けませんか」

と鋭い目で見上げた。

「おい……何があったか知らねえが、下手に欲をかくと、てめえも危ないぞ」

「いえ、決して、そんなつもりじゃ……でも、あっしの大事な子分でしたんで、きちんと墓くらい建ててやりてえし、親兄弟にも幾ばくか渡してやりてえんでさ。その上で……市村を改めて、始末してえと存じやす」

「……」

「如何（いかが）でござんしょ」

「──聞かなきゃ、この店のことをバラす……とでも言いたげな目つきだな」

探るように夷兵衛は言ったが、苦笑いをして鮫吉は首を横に振った。

「まさか。色々、世話になりましたから、そんなつもりは毛頭、ございません」

「そうか。だったら帰りな。悪いが、路銀も出さないぞ」

冷たく言い放った夷兵衛に、鮫吉は今一度、頭を深々と下げて、

「承知致しやした。では、せめて……お世話になったご主人に、ご挨拶だけでもして退散したく存じやす」

「いいから、もう出ていけ。あいつに挨拶なんざ不要だ」

「──あいつ……」

鮫吉は意外な目を向けて、

「番頭さん、ご主人のことを、あいつなんて言っていいんですかい」

「端から、忠吉は目眩（めくら）ましよ……大店の主人に成り上がったつもりで、いい気になってやがる……こんな仕事はいずれバレる。その時、三尺高い所に行って貰う奴は、置いておかないとなあ。むふふ……」

底知れぬものを、鮫吉は感じたのか、わずかに身震いして、

「つまり、夷兵衛さん……番頭のあなたの方が店を牛耳ってるってことで？」

「何処の店でもそうじゃないのか。主人なんてのは、外面だけ。御輿(みこし)でいいんだよ。やくざ渡世もそうだよな。親分を支えてるのは、腕利きの子分たちじゃないか」

「へえ、まあ……てことは……」

ギラリと鮫吉の目が鈍く光った。その瞬間、道中脇差しを抜き払い、夷兵衛に斬りかかった。その左腕をサッと切り裂いたが、夷兵衛は後ろに倒れそうになりながらも、近くにあった心張り棒を摑んで反撃しようとした。

「てめえ、何しやがる」

「忠右衛門より、おまえが偉いなら、夷兵衛……おまえを始末するまでよ」

「血迷ったか、この恩知らずめがッ」

「うるせえやい。てめえは、やくざ者を利用してきただけの、本当の極悪人だ」

さらに斬りかかったとき、必死に避けた夷兵衛が襖ごと倒れた。それへ、鮫吉が長脇差しを叩き落とそうとした。

その時――黒い影が勢いよく踏み込んでくると、バッサリと鮫吉の背中が斬ら

れた。返り血を浴びて振り返ったのは、堀切であった。夷兵衛は吃驚したが、

「危ないところだったな。隠密廻りの堀切多聞だ」

と名乗られ、恐れおののいたように起き上がって正座をした。

「お、隠密廻り……」

「番頭の夷兵衛。しかと聞きたいことがあるゆえ、大人しく番所まで来て貰おうか」

「えっ……」

堀切は鮫吉の懐から、封印小判が落ちているのを見た。それを摑んで、

「──これは札差『出羽屋』の封印……ってことは、市村の手先……あるいは、これで、おまえたちを殺せとでも頼んだか……」

と推察しながら、夷兵衛に振り返った。

その顔にバッサリと道中脇差しを打ちつけられた。夷兵衛が鮫吉のものを使ったのだ。「うわっ」と悲鳴を上げて、その場に倒れた堀切の腹に、夷兵衛は留めとして突き立てた。

「ふう……」

夷兵衛は苦々しい顔になって渡り廊下に出ると、裏木戸から入ってきた竜雲の

姿に気がついた。大柄な岡っ引に驚いたが、

「お、親分……よい所に来て下さった」

と思わず言った。

「何があったのだ……物凄い悲鳴が聞こえたが……」

「ご、ご覧下さい……」

自分が浴びた血飛沫も見せながら、夷兵衛は竜雲を手招きした。

離れに倒れている、ふたりの凄惨な姿を見て、竜雲は仰け反りそうになった。

歩み寄りながら、「どういうことだ」と訊くと、夷兵衛は芝居がかった震える声で答えた。

「――分かりません……でも、その渡世人を、お役人かと思われる、そのご浪人さんが追いかけてきて捕らえようとしました」

「役人……」

「隠密廻りとか、名乗りました。すると渡世人が斬りかかり、ほとんど相打ちのようになって……私は騒ぎが聞こえたので来てみたのですが、煽（あお）りを食って、この通り腕に怪我を……なんで、こんなことに……」

渡り廊下にへたり込む夷兵衛に、竜雲は「しっかりせい」といいながらも、

「いいか。このままにしておけ。俺が今すぐ、町方役人を呼んでくるから、いいな。下手に触るんじゃねえぞ」

と飛び出していった。

その離れの床の間では――文治が一部始終、見ていた。

五

事情を聞いた加治は、驚きを隠しきれなかった。まるで悲惨な殺しを予想していたかのような徳三郎を気味悪がるほどだった。

「よし、今から行って検分するから、誰か町奉行所に走って、応援を頼め」

と他の岡っ引に命じた。

玄関先から、中にいる徳三郎を振り返った加治は、

「狙われたのは主人の忠右衛門ではなく、番頭の夷兵衛だった。少々、事情は違ったようだが、当たらずとも遠からずだ。まるで遠くのこと、先のことが見えるようだな」

と感心した。

「私も一緒に行きます」

思わず徳三郎は玄関から踏み出そうとしたが、加治は押し返して、

「それはならぬ。後は、こっちで対処する」

「しかし……」

「おまえは謹慎の身だ。勝手に出歩かれては、今度は俺がまずい」

頑なに拒否をした。

「では、加治様……せめて、話だけでも聞いて下さい。いいですか。夷兵衛が岡っ引の竜雲に話したことは、真っ赤な嘘です」

「なんだと」

「渡世人の鮫吉は、忠右衛門を殺そうと思っていたけれど、阿片のことを裏で操っていたのは夷兵衛だと知り、殺そうとしました。ところが、そこに隠密廻りの堀切多聞様が乗り込んできて、鮫吉を斬りました。夷兵衛を助けるためです」

「何のためにだ」

「えっ、それは……とっさのことではないかと思います」

「そこは曖昧(あいまい)なんだな」

救いを求めるように徳三郎が玄関の奥を振り返ると、文治が控えて座っており、

「――堀切様は、かねてより、阿片探索のため『大黒屋』に目を付けて張り込んでいたようです。自分の娘さんも、阿片漬けにされたため、必ずひっ捕らえると」

と言った。

文治が話したとおりのことを、徳三郎が伝えると、加治はまたもや驚いて、

「どうして、そこまで知っておるのだ」

と訊かれた。

「どうして、そこまで知ってるのだ」

徳三郎が振り返って文治に訊くと、

「加治様から御用札を貰っている岡っ引、壮吉が話していたのを聞いた」

と答えたので、そのまま伝えた。

「――おまえ、誰と話してんだ……ま、いいや。どうせ、仏の文治とって言うんだろう……とにかく、俺も自分で確かめなきゃ気が済まない気質(たち)なんでな。岡っ引はひとりだけ付けておくが、絶対に屋敷から出るなよ」

念を押して、加治は駆け出した。

溜息で見送った徳三郎は、まだ玄関の奥にいる文治に向かって、

「大丈夫かな……また何か手違いが起こって、もっと酷いことになるんじゃ……」

「いやはや。鮫吉は自業自得とも言えますが、堀切さんには何とも……あっしが止めることができれば、死なずに済んだのに……ああ、申し訳ないことをした……」

自分のせいであるかのように嘆く文治に、「悪いのは夷兵衛だ」と慰めを言って、なんとかできないものかと思い悩んだ。

「この際、俺が屋敷を出て……」

「徳三郎さんが出向いたからといって、どうにかなるとも思えやせん」

「そうかな……」

「はい。ここは、加治様にお任せしましょう。あの人もなかなかの切れ者ですから」

「俺が頼りないみたいじゃないか」

「そうは申してやせん。蟄居謹慎の身は重いですから、軽々しく出廻っては、もっと悲惨な目に遭いそうで」

「心配してくれるのは分かるがな……あ、それより、市村さんはどうした」

「どうしたのでしょう」

首を傾げる文治に、徳三郎は呆れたように言った。

「おいおい。市村さんを連れ戻さないことには、肝心の事件が解決できないのではないのか」

「分かっておりやす……でも、あっしも身はひとつなんで、あっちにもこっちにもと飛んでいくわけにはいかねえんでやす」

「そうなのか」

「へえ、そうなんです。とにかく、市村さんもどうにかしねえといけやせんね。くれぐれも勝手に出歩きませんように」

文治も念を押して、また奥の暗がりから姿を消してしまった。


加治が『大黒屋』に到着した頃には、すでに近くの自身番から番太郎らが駆けつけてきており、血濡れた離れ部屋に人が近づけないようにしていた。

臨時廻りというのは、〝三廻り〟の中でも一番格下の援軍みたいなもので、隠密廻りが一番上である。よって、かような事件が生じたときには、定町廻りが真っ先に呼ばれることになっている。しかし、此度は一応〝偶然〟、加治の手先である竜雲が見つけた。ゆえに、加治の事件という扱いになる。

その場には忠右衛門も立ち合ったが、夷兵衛は竜雲に話したのと同じことを繰り返した。

　加治は流血して倒れている堀切と鮫吉の遺体をじっくりと検分し、どの位置から、どのように斬り合ったか、などということを調べていった。落ちている刀や道中脇差し、刀の傷などから、たしかに少し妙だなという感じを、加治は抱いた。

「――夷兵衛……おまえは巻き込まれて、その腕を斬ったらしいが、どういう状況であったかを話してみろ」

「あ、はい……いきなり、その渡世人風が裏木戸の方から押し込んできて、何やら大声で叫ぶものですから、来てみると、もうふたりが斬り合ってて……驚きました」

「おまえは、何処の辺りで斬られたのだ」

「もう無我夢中で、よく分かりません。どちらの刃が当たったのかも……」

「止めに入ったところを、斬られたというのだな」

「はい――」

「では、その倒れた褄は誰が倒したのだ」

「えっ……といいますと……」

「ふたりが斬り合いをしたとなると、血の流れたところ、頭を打たれたところ、止めで腹を刺されたのは、この廊下の近くだ。あの襖はちと離れすぎてる」

加治が何を言いたいのか、夷兵衛は理解できていないようだった。が、夷兵衛の受けた腕の傷と、襖の刃の形が同じだと、加治が説明をすると、

「え、ああ、そうだったかもしれません」

と曖昧に答えた。

「それは、まあいい……ところで、鮫吉は何をしに来たんだ」

「ですから、よく分かりません……」

「知らない奴なのか」

「はい……見たこともありません」

「妙だな……」

顎(あご)に手を当てながら、加治は夷兵衛を睨み据えてから、鮫吉を指し、

「おまえは、いきなりこいつが叫びながら踏み込んできたと言った。だがな、竜雲はこいつが屋敷に入って来てから、しばらくは静かで、おまえと何やら話していたって言ってたぜ」

と言うと、傍らに立っている竜雲は、そのとおりだと頷いた。

気まずそうに夷兵衛は頷いたが、首を傾げるだけで、何も反論をしなかった。

下手に言うと襤褸が出るとでも思ったのであろうか。加治は訊き返した。

「どうなんだ……」

「さあ、私には分かりません……とにかく、叫び声があったので、私は寝所から駆けつけて来てみたのです」

「竜雲は、まさか隠密廻りの堀切さんとは思わなかったらしいが、浪人が踏み込んだ途端、あの騒ぎだから、とっさに入ってきたんだ……そのとき、おまえは逃げようとしていた」

「そりゃ、そうです。怖いし、こんな目に遭ったんですよ」

と手当てをしている左腕を見せた。

「もう一度、訊く。その腕を斬ったのは、鮫吉じゃねえのかい」

「どっちだったか……」

「鮫吉は、おまえじゃなくて、忠右衛門を狙ってきた。だが、おまえに急遽、変更したんだ。そうだろ、夷兵衛」

「いいえ。鮫吉はそんなこと……」

「やはり、知ってるんだな」

「えっ……？」

「さっきから鮫吉って名を出しても、誰のことだか不思議がりもしねえ」

ニンマリと加治が言うと、夷兵衛は一瞬、顔を顰めたが首を振って、

「いいえ。旦那がそう呼ぶので、その渡世人のことだと、私も思っただけです」

「俺だって初めて見た奴だぜ。しかも、死んでて、名乗ってもいねえ……なんで、おまえは知ってるんだ」

「……」

「しかも、こいつは、市村に頼まれて、忠右衛門を殺しに来た……そこに落ちたまんまの『出羽屋』の封印が何よりの証拠だ」

加治は畳みかけるように言った。

「この堀切多聞さんは、『大黒屋』を探っていた。薬種問屋の大看板の裏で、阿片を売り捌いていたことをな」

「えっ……」

驚いたのは夷兵衛だけではなく、忠右衛門も同じだった。

「たしかに夷兵衛……おまえは鮫吉に殺されかけたが、堀切さんが助けに入った。だが、隠密廻りだと知って、とっさに鮫吉の道中脇差しで頭を打ちつけ、腹を刺した……だな」

「あ、いや、それは……」

その場で見ていたような加治の言い草に、夷兵衛は青ざめた。

途端、忠右衛門は立ち上がって、

「どういうことだ、夷兵衛……おまえ、まさか……本当に阿片を扱ってたのかい」

と責めるように言った。

「な、何を言い出すんです、旦那……あなたが命じたことじゃありませんか」

「知らん。どうも近頃、妙な連中を離れに呼んだりしていたと思ってたが……まさか、おまえが、そんな……この店の看板に泥を塗るような真似をしていたとは！」

忠右衛門はいきり立って、目からは涙が溢れ出ていた。だが、夷兵衛は居直ったように、鋭い目で睨み上げた。

「——冗談じゃねえぞ、忠吉……この期に及んで、裏切るってえのか。恩人の俺に罪をぜんぶ押しつける気か」

怒鳴りつける夷兵衛を冷ややかに見て、忠右衛門は愕然と手をついた。

「まさか、おまえが、そんな奴とは……ああ、私はなんて人を見る目がないのだ……飼い犬に手を噛まれるとは、このことだ……」

さめざめと泣く忠右衛門を、夷兵衛はさらに「裏切り者」と罵ったが、そのふたりを加治は冷ややかに見ていた。

六

夷兵衛が居直って暴露したことで、急転直下、『大黒屋』が阿片を扱っていたことが濃厚になり、忠右衛門は大番所に呼びつけられ、問い質された。

店の中では、隠密廻りの同心までが、殺されたのだ。殺しについては、夷兵衛は一切、否定していた。あくまでも、渡世人と堀切が斬り合いをしていたのだと言い張った。その場は、文治以外は見ていないのだから、確たる証拠はない。

加治は、土間の筵に座らせた忠右衛門を問い詰めていた。

「隠密廻りの堀切多聞が、阿片探索をしていたのは、お奉行直々の命によるものだ。『大黒屋』を疑ったキッカケは、壮吉という岡っ引が、薬売りとしておまえの店に出入りして探っていたからだ」

「岡っ引……」

「此度、殺しのあった離れには、怪しい輩が寄り集まっていたそうな」

「まさか。私は知らないことです。おそらく夷兵衛が……」

「夷兵衛のことはいい。おまえのことを訊いておる。今頃は、店の中から蔵の隅々まで、手の者が探りを入れている。阿片の欠片がひとつでも出れば、おまえの立場は一層、悪くなるな」

「そんなことは決して、ありません……」

　忠右衛門は首を横に振って、

「私はまっとうな薬種問屋です。御老中や若年寄とも付き合いがあるお店を預かっております」

と懸命に訴えた。権力や権威のある者の名前を出せばなんとかなるとでも思っているのであろう。

「そんなのは、俺たち〝三廻り〟には通用しないよ。こっちだって、大身の旗本である町奉行から直に命令を受けているんだ」

　同心専任職ゆえだと加治は言って、忠右衛門を睨みつけた。

「堀切さんの娘は、阿片漬けにされた挙げ句に、自死するかのように死んでいった。おまえたちへの恨みは相当だろうよ」

「……」

「他にも同様の犠牲者を、町方でも摑んでいる。だが、あろうことか、元南町同心の市村大五郎にも阿片を覚えさせ、おまえが思うがままに操っていたそうじゃないか」

「——それも、夷兵衛の作り話でしょう」

自信をもって、忠右衛門は断じた。

「どうして、そんなことを言い切れるのだ。奴はおまえに命じられたと話してる。もう町奉行所の牢部屋に送った。吟味方与力、あるいは町奉行からも詰問されるであろう」

「あいつが何を言おうと、信用してはいけませんよ、加治様。だって、あいつは……」

「とうに調べてる。元々、浅草の寅五郎一家に草鞋を脱いでた、上州から流れてきた博徒だ。そこで若い衆をしてたおまえと、意気投合したそうじゃないか」

「それも、夷兵衛が言ってることでしょ」

「いや。文治だよ……」

「文治……」

「ああ、岡っ引の文治だ。〝仏の文治〟……おまえも世話になったそうだな」

「えっ、どういうことです……」

　忠右衛門は首を傾げたが、加治も曖昧な微笑を浮かべて、

「俺もよく分からないんだけどな、定町廻りになったばかりの徳三郎が、文治に訊いたんだとさ。文治といや、徳三郎の父親、大間栄太郎だ。おまえもよく知ってるだろ」

「……」

「つい最近、挨拶にも行ったそうじゃないか。文治に借りた金を返しに……そこで、昔の仲間、寛次にも会った」

　そこまで調べていたのかと、忠右衛門は探るように加治を睨んだ。

　腹の中の探り合いなら、忠右衛門も負けてはいないが、どうして加治が、市村のことや鮫吉のことに気付いたのか、理解できないようだった。

「文治の娘がやってる『おたふく』って店はな、ただの料理屋じゃないんだ。俺はめったに行かないが、あそこは町方同心や岡っ引の溜まり場だから、色んなことが耳に入ってくるんだ」

「……」

「ここに来る前に、寛次にも会ってきたが、おまえは何かしでかしてんじゃない

かと、心配してたぜ」

「あいつが……」

「ああ。おかしいか。昔は〝まぶだち〟だったんだろうが」

寛次の名前を前面に出すと、忠右衛門は気まずそうに目を逸らした。

「羽振りがよさそうなのは結構だが、悪いことを企んでいるような顔つきと口調で、何かまずいことに手を染めてるんじゃないかと、寛次は勘づいたそうだぜ」

「顔つき……口調……そんな証拠にもならないことで、決めつけるんですか」

気色ばんで、忠右衛門は声を強めた。

「大事なことだぜ」

「自慢たらしい顔でポンと金を出す。『おまえを恨む事で、今日まで生きてこれた』と、人を恨むことが己の活力だと言わんばかりの態度……これが、おまえらしいと寛次は話してたぜ」

加治が顔を覗き込むように言うと、忠右衛門は愚にも付かぬ話だと笑って、

「──それで、私が阿片を扱っていたことになるんですか」

「惚け通すつもりなら、これを見てみな」

一冊の綴り本を投げ出した。

「それはな、夷兵衛の付けていた帳簿だ。店の売り上げじゃない。阿片を渡した相手と数まで細かく書き記してある。何度も繰り返し使えるようにな」

「……」

「この中の四人にひとりは、廃人同然になって、小石川養生所で治療を受けてる者や、死んだ者もいる。堀切さんの娘や鮫吉の妹のようにな。阿片を手にするために、借金までこさえる奴も多いんだ……阿漕なことをしてると思わねえか」

「――どういうことでしょうか」

「こっちが訊いてるんだよ。この帳簿が、『大黒屋』で阿片を捌いてる何よりの証拠だ」

「知りません。夷兵衛が店の名を使って勝手にやっていたのでしょう」

忠右衛門は渡された帳簿を眺めながら、

「ここに書かれている者たちを、よく調べて下さい。ほとんどが遊び人や女郎の類じゃないですか。中には、お武家や大店の旦那らしき人の名もありますが、この人たちに全部、当たって調べて下さい。私が売ったという人がおりましょうか」

「だから、夷兵衛にさせてたんだろうが」

「どうしても、私を罪人にしたいようですが、なぜ夷兵衛のことを信じて、私の言うことを信じて下さらないのです。そこまで、おっしゃるのでしたら……」

　決然とした目になった忠右衛門は、

「証拠を出して下さい。店でも蔵でも、何処でも調べて下さい」

「そうか。相分かった。鋭意、探索中ゆえ、事がハッキリするまで、小伝馬町牢屋敷に入って貰おう」

「えっ……牢屋敷……!?」

　さすがに忠右衛門にも衝撃が走った。

　牢屋敷は、既決囚も未決囚も打ち込み、つまり一緒に大牢や二間牢という、だだっ広い所に入れられる。ゆえに、未決囚といっても限りなく〝黒〟に近い者が入れられるのだ。

　牢には厳しい掟がある。たとえば新入りには、キメ板というもので牢名主から酷い私刑を受ける。また、〝作造り〟といって、窮屈な牢内を少しでも広くするために、新入りに布団を被せて殺すこともある。そのような異変が起こっても、牢屋同心は見て見ぬふりをしている。

　忠右衛門もかつては、やくざ渡世に足を突っこんでいたから、牢内の恐ろしさはよく耳にしていた。まさか、商人になった身で、そのような地獄に突き落とされるとは、考えてもいなかった。

「かなり、堪えてるようだな……じっくり、てめえのやらかしたことを考えてみるんだな、『大黒屋』のご主人、忠右衛門様……先代、主人が死んだ原因も、何だったか、じっくりと思い出すんだな」

と忌々しい目つきになって加治が言った。

まるで、先代の宅左衛門を、忠右衛門が殺したとでも言いたげである。ここまで脅すと、自白する者も多いからだ。

だが、忠右衛門はすっかり居直ったように、

「さいですか……だったら、好きにして下さい。私は無実ですから、無実の罪で牢に入れた加治様も、罪に問われますよ」

と逆に脅すように鋭い目つきになった。

即日、北町奉行所の牢屋廻り与力に連行されて、忠右衛門は囚獄である石出帯刀に引き渡され、幾つかの検問を受けて、大牢に入れられた。

たとえ無実であっても、大店の主人が入牢したとなれば、信用は失墜する。長年の苦労も水の泡である。

その夜——板間に筵を敷いて、所狭しと寝ている囚人たちの中で、忠右衛門は一睡もできないでいた。

多いときは牢屋敷全体で、七百人も収容されることがある。大牢の百数十人もの囚人たちの歯ぎしりや鼾が激しいし、四寸格子という太い格子窓のせいか風通しが悪く、壁に染み着いている汗の臭いも酷い。しかも、いつ〝作造り〟されるかもしれない恐怖で眠れるものではなかった。

翌朝、一汁一菜の食事が、賄役らによって格子越しに渡されたが、冷めて不味い上に、残飯みたいな変な臭いもする。とても、食べられる類のものではなかった。

だが、長い間、居る者たちにとっては、朝夕の飯が唯一の楽しみなのか、黙って食べていた。ところが、突然、何か菜の物を横取りしたとかで、囚人同士が罵り合い、摑み合いの喧嘩になった。

忠右衛門は知らん顔をしていたが、乱闘で食膳が散らかってしまい、トバッチリを食ってしまった。思わず、

「何をしやがる、てめえッ」

やくざの地金丸出しで、忠右衛門は転がってきた囚人を突き飛ばした。

それが元になって、他の奴までが忠右衛門に殴りかかってくる。腕に覚えのある忠右衛門はサッと避けて殴り返したり蹴倒したりして、さらに大騒ぎになった。

そこへ、鍵役同心や小頭同心らが駆けつけてきって、「やめろ！」と怒声を上げて制した。途端、囚人たちは何事もなかったかのように座り込んだ。

忠右衛門だけが興奮気味に立っていた。すると、鍵役同心が、

「おい、新入り。早々に、暴れてくれたじゃないか」

と責めるように言った。

「違う。これは、こいつらが飯を取り合って暴れて……」

言いかけた忠右衛門を制するように、牢名主らしき老体が、

「いや。先に手を出したのは、その新入りでさ」

と答えた。

言い訳をしようとした忠右衛門を、鍵役同心たちは問答無用に引きずり出し、改番所近くにある拷問蔵に連れていった。

そこには、笞打（むちうち）、石抱（おそだかせ）、海老責（えびぜめ）、さらに吊責（つりぜめ）などの拷問道具が並んでいる。それを見ただけでも、ふつうの男なら肝が縮むはずである。だが、すっかり居直ったのか、忠右衛門は悪辣（あくらつ）な顔つきになって、

「なぜ俺だけなんだ……他の奴らはお咎めなしかよ」

と文句を垂れた。

数人の牢屋役人がいるが、鍵役同心のひとりが忠右衛門に近づいて、

「おまえには、ここで死んで貰うよ。拷問でな」

「ふざけるな。なんで俺が……」

「牢内で死んでも、役人に逆らってお咎めを受けたことで済む」

他の役人たちは聞こえないふりをしているのか、黙って見守っている。忠右衛門は頭が巡って勘が働き、

「——ほう……そういうことか……」

と呟いた。

「これは罠だったんだな……もしかして、夷兵衛の手が、ここまで及んでるってことなのか……そうなんだな」

「何のことか分からぬ。おまえは入って早々、秩序を破った。だから、牢法に則って折檻されるだけだ」

「やはり、夷兵衛の裏には、俺も知らない、とんでもない奴がいるってことか」

忠右衛門がほくそ笑んだ。

「まあ、そういうこともあろうかと、こっちも覚悟は決めてたが、まさか牢屋敷にまで始末に来るとは、畏れ入ったぜ」

「おまえに生きてられたら、迷惑を被る御仁がいるということらしい。それ……」

鍵役同心が命じると、打役、世話役や平番たちが忠右衛門を羽交い締めにし、拷問に掛けるために、まずは石抱の場に連れていった。三角のギザギザの付いた洗濯板のようなもの上に正座をさせた。それだけでも、自分の体重がかかり、悲鳴を上げるものだ。

だが、忠右衛門はじっと我慢をしていた。その両膝の上に、三尺幅三寸の厚さの伊豆石を載せる。石一枚の重さは約十三貫もある。これを数枚積むと、大概、失神をして、石の上に顎を出す。そして、命果てることもある。

その前に、ほとんどの咎人は、

「――やりました」

と白状する。それで事件は一件落着になるのである。つまり、何者かが、忠右衛門の自白によって幕を閉じたいのであろう。

石を一枚載せられただけで、忠右衛門の表情は苦痛に歪んだ。

それでも、男を売りにしてきたのか、意地になったように白状はしなかった。

平番たちが二枚、三枚と石を積み重ねると、さすがに忠右衛門の膝からは血が流れてくる。囚人用の着物の裾を上げられているから、生身の向こう臑にギザギザの板が食い込むから当然であろう。

「う……ううっ……」

忠右衛門の顔からは血の気が引いていく。そして、四枚目を載せようとしたとき、

「何をしておる」

と拷問蔵の表から声がかかった。

牢屋奉行の石出帯刀である。厳格そうなその風貌、独特の陣羽織に身を包んだ姿には、威圧感すらある。

「あ、いえ、これは……牢内で大暴れしていたもので……」

狼狽したように返答に困った鍵役同心に、石出帯刀は険しい目を向け、

「拷問を許した覚えはない。しかも、そやつは、『大黒屋』ではないか。阿片の一件の重要な証人でもあるゆえ、牢内の〝作造り〟や自刃によって死なぬよう、北町奉行の遠山様より、きつく命じられておる」

「さ、さようでした……」

「独房に入れておけ。よいな」

石出に叱責され、鍵役同心は渋々と頷いたが、忠右衛門は失神寸前だった。

七

謹慎中の徳三郎のもとに、文治が舞い戻ってきたのは、忠右衛門が囚われてから、二日目の夜だった。

「遅かったじゃないか。冥途(めいど)まで行ったのかと心配していたぞ」

「相済みません。前にも言いましたが、あっしも身ひとつなので、市村さんの行方を探すのに難儀しておりやした」

「見つけたんだな」

「へえ。てっきり江戸川を渡り、葛西村まで行ったと思ってやしたので、そっちまで行ってきやした。たしかに、市村さんは葛西村まで行ったようですが……意外にも、江戸に舞い戻ってやした」

「幽霊なんだから、ひとっ飛びで往き来できるんじゃゃないのか」

「ですから、行き先が分かってれば難なく探せますが……」

幽霊でもあちこち飛んでいくのは疲れるのか、文治は疲れ切っているように見えた。

「でもね、徳三郎様。葛西村では、いいものを見つけやした」

「阿片に纏わることか」

「さすが。おしゃるとおりで、葛西金町村には香取神宮の分霊を祀った神社がありやすが、その辺りは天領と旗本領、下総の大名領などが入り組んでます。で、江戸に農作物を運ぶ葛西船が出入りしている所です」

「それがなんだ」

「その船を巧みに利用して、江戸湾の沖合に停泊している回船から、長崎や対馬から密かに運び込んだ阿片を一旦、葛西に集め、それから江戸で売り捌いていた節がありやす」

「それを、『大黒屋』がやっていたというのか……」

「いえ、驚かないで下さい……そこには、若年寄の牧野但馬守様の御料地があるのです。牧野様といえば下総関宿藩の藩主で、葛西村は飛び地なのです」

「えッ……」

「それだけではありません。芥子の花を飛び地のあちこちで栽培しております。

丁度、今が花の咲き頃で綺麗ですがね」

「おいおい……まさか若年寄が阿片に関わっているなんぞと……」

「そのまさかです。神田橋にある『大黒屋』と牧野邸は隣家も同然。しかも、『大黒屋』の上客でもあります」

文治は、『大黒屋』は隠れ蓑であり、どこでどう知り合ったのか、若年寄が忠右衛門や夷兵衛を利用していたと言った。

――もしかしたら、市村とも深く関わりがあるのかもしれぬ。

そう思って調べたところ、わずかの期間だが、市村は同心を辞めた直後、牧野但馬守の屋敷で世話になったことがあるという。

「そうだったのか……で、市村さんは今、何処に……」

徳三郎が訊くと、文治は心配そうに答えた。

「いや、それが……忠右衛門が入牢させられたのを、どこかで聞いて知ったのでしょう。自分の狙いが間違っていたと悟ったのか、あるいは元々、目を付けていたのか……牧野様のお屋敷の周辺をうろついてます」

「なんだと。もしかして……」

「市村さんが葛西に行ったのは、黒幕が牧野様である証拠を摑むため……で、何か確信したことがあったから、乗り込んでいくつもりかもしれやせん」

「そんなことしたら、市村さんは……」

「〝討ち死に〟するつもりじゃないでしょうかね。元々は正義感の強い人だったのに、あんなふうになったのは、やはり阿片を使ったせいです。もしかしたら、牧野様の方に、市村さんを廃人にしてしまう理由があったのかもしれやせん」

「なんだ、それは……」

「そこまでは分かりません。改めて、市村さんを捕らえれば分かることじゃありやせんかね……徳三郎様、急いで下せえ。これ以上、犠牲者は出したくねえ」

「うむ。そうだな……」

徳三郎は見張り番の岡っ引を呼んで、すぐに加治に報せて欲しいことがあると頼んだ。だが、岡っ引は見張っているだけだと、やはり融通が利かない。

「旦那……ぐずぐずしてるときじゃありやせんぜ。大火事なんだから」

文治が急かすと、徳三郎もしかと頷いて、岡っ引を無視して玄関から出て行こうとした。岡っ引は止めようとしたが、徳三郎はとっさに足がけで倒して、

「よいか。一刻を争う。加治様に、『市村が現れた。神田橋近くの若年寄様のお屋敷に、手勢の者を連れて来てくれ』と報せろ。神田橋の若年寄と言えば分かる。

よいな、頼んだぞ！」

と徳三郎は、一目散に木戸を抜けて走っていった。

神田橋側の『大黒屋』の表戸は閉まっており、噂が広まっていたので、そこには誹謗中傷の張り紙や落書きがされていた。店の手代たちは、非難の言葉を浴びせかけられ、店の前の掃除も出来なかった。

そんな光景を横目に、徳三郎は文治の後を追うように走ってきた。

「あそこです、旦那……！」

文治が指さすと、折しも四つの太鼓が鳴った直後、長屋門から黒塗りの駕籠が出てきたところであった。登城するために、総勢六十程の供連がいるが、若年寄でも下馬所から内は侍ふたり草履取りひとり、鋏箱持ちひとりと決まっている。

供侍の家臣や中間、槍持ちたちは周辺を警戒し、駕籠を護りながら江戸城に向かう。若年寄ほどの身分となるとその沿道にも町人や行列見物客に扮した家臣や密偵などが張りついていた。何処から誰がふいに急襲してくるか、分からないからだ。

牧野屋敷のすぐ近くの路地から、行列をじっと見ている市村の姿があった。獣のような目つきで、行く手を見ている。

おそらく側まで来れば、一気に突っ込み、牧野を仕留めるつもりであろう。市村の腕ならば、駕籠周辺の供侍を蹴散らして、斬ることができるかもしれぬ。しかも、逃げる気がないのならば尚更だ。

いざ——踏み込もうとしたとき、目の前に突然、徳三郎が立ちはだかった。

「お待ち下さい。市村さん」

「と、徳三郎……！」

「阿片のことなら、臨時廻りの加治さんが探索中です。お奉行も承知の上で、忠右衛門さんを牢屋敷に入れました」

「……」

「市村さんもお気づきなのでしょうが、最も悪いのは牧野様なのでしょう。夷兵衛もまた操られていたと思われます」

「おまえ、どうして、そこまで……」

驚いて徳三郎を睨みながらも、市村はその向こうに通り過ぎようとする牧野の駕籠に目を移した。それを見るなり鋭く、

「どけッ」

と腰の刀に手をあてがうと、突進しようとした。それでも、徳三郎は両手を広

げたまま、

「なりませぬ。ここで、牧野様を討つことは何の解決にもなりませぬ」

「黙れ。おまえに何が分かる」

市村は苛立って抜刀し、駕籠に向かって突進しようとしたが、わずかに足下がぐらついた。その体を組み臥そうとしたが、市村は振り払って身構えた。

「御免ッ——」

徳三郎は気合いを発すると、素早く市村の腕を摑んで路地に押し返し、小手投げの要領で手首を決めて、刀を奪い取った。

それでも、何か異変を感じたのか、牧野の駕籠は停まり、供侍たちは一斉に護衛し、他の家臣たちは、「すわ、何事か」と徳三郎の方を見やった。

すぐさま徳三郎は、さらに市村を路地の奥に押しやりながら、

「いつもの市村様なら、私なんぞ容易に倒せたはず。その腕では、若年寄を討つことなど到底、無理……」

「どけ……」

「いいえ。どきませぬ……その体を治すのが先ではありませぬか」

市村の膝の後ろを蹴って屈伏させ、後ろ手に取って押さえつけた。

その時である。

神田橋から、加治が先頭に立って、数人の役人が駆けつけてきた。路地の奥に、徳三郎の姿があるのをチラリと見て、駕籠の方に駆け寄った。

牧野の家臣たちが立ちはだかると、加治は膝をついて、身分の名前を名乗った。

すると、家臣が取り囲む駕籠の扉が開いて、

「何事だ。何の騒ぎだ」

と牧野が顔を出した。

いかにも殿様らしい高貴な顔だちで、冷静な態度である。

「申し訳ありません。逃げていた市村大五郎がこの辺りに現れたとの報を受けて、駆けつけて参りました」

「市村……奴はまだ生きていたのか」

牧野が呟くように言うと、加治の瞼がピクリと動いた。

「それは、どういう意味でございましょうか」

「何でもない。出せ。登城に遅れる」

家臣に命じて、牧野は駕籠の扉を閉めた。すぐに出立した行列を、加治は平伏しながらも、鋭い目で追っていた。

八

蟄居謹慎中の徳三郎が、遠山に呼び出されたのは、その翌日のことだった。

定町廻りの筆頭同心の黒瀬光明が直々に迎えにきた。険しい顔つきはいつものとおりで、不満げな声で文句を言った。

「おまえのせいで、こっちはまたぞろ立場が悪くなった。あれだけ組屋敷で大人しくしておれと言われていたのに、なぜ勝手に出歩いたりしたのだ」

「──申し訳ありません……」

徳三郎は素直に謝るしかなかった。

「おまえの申し訳ないは、聞き飽きた。とんでもない厄介者が来たものだ」

「申し訳ありません」

「だから、もういい……定町廻りがつまらぬこそ泥を追っている間に、臨時廻りの加治はなぜか大手柄だ」

「……」

「阿片一味を炙り出した。恐れいったぜ」

それから、北町奉行所の表門を潜るまで、徳三郎は沈鬱な表情で無言のままだったが、黒瀬はずっと、ぶつぶつ言っていた。同心詰所で待っていると、年番方与力が迎えに来た。黒瀬も一緒にとのことだった。

「あちゃ……俺まで、お咎めかよ……」

御用部屋に来ると、遠山が神妙な面持ちで待っていた。

「この度は、大間徳三郎が、大変ご迷惑をおかけし、大変申し訳ありませんでした」

先に黒瀬の方が謝った。

「おまえも謝ってばかりで大変だな」

遠山が気遣うように声をかけると、黒瀬は畏れ入ったように頭を下げた。

「黒瀬……おまえも耳にしていると思うが、此度、『大黒屋』が絡む阿片の売買につき、定町廻りでも今一度、調べ直せ」

「ハハア。承知仕りました」

とは言ったものの、黒瀬は手をついたまま顔だけを上げて、

「しかし、お奉行……もう忠右衛門は、捕らえているのではありませぬか」

「さよう。だが、事情が多少、変わった」

「……と申しますと」

　黒瀬が小首を傾げると、遠山は厳しい顔で頷いて、

「今後、お白洲にて明らかにしていくが、そのための証拠集めをせねばならぬ。事件の概略は、吟味方の藤堂が記しておるが……」

　と綴り書を手渡した。

「そこにも書いているとおり、『大黒屋』の主人・忠右衛門は、番頭の夷兵衛に操られておっただけだ」

「えっ……」

「そして、その夷兵衛は、事もあろうに若年寄の牧野但馬守に命じられて、阿片を強壮剤と称して売っていた節がある」

「わ、若年寄の牧野様が……まさか……」

　腰を浮かして黒瀬は驚いたが、遠山は落ち着けと制して、

「夷兵衛は、牧野但馬守の中間だったことがあり、随分と可愛がって貰ったそうだ。が、まだ確たる証しがあるわけではない。これは、夷兵衛、並びに元南町同心の市村大五郎の証言に過ぎぬ」

「市村……こいつが逃がした……」

黒瀬は後ろに控えている徳三郎を、チラリと振り返った。

「そうだ。牧野但馬守と市村の関わりも、そこに書かれておるが、とどのつまりは、市村は南町同心の折より、夷兵衛から阿片付けにされ、その阿片欲しさに『大黒屋』の用心棒のようなことをしていたのだ。そして、もしお上が阿片の探索をする予兆があれば、夷兵衛に報せたり、邪魔をする役目だった」

「――そんなことが……」

「市村は、夷兵衛を操っているのは、主人の忠右衛門だと思い込んでいた。忠右衛門は、元は浅草の寅五郎一家の者だ。先代が不審死をして、しばらくして主人に収まったから、誰もが疑ったが、それは夷兵衛が仕組んだことだった」

「仕組んだ……そんなことができるのでしょうか」

「忠右衛門は、それこそ元は渡世人だったが、大間栄太郎と文治によって、立ち直った人間のひとりなのだ。『大黒屋』の手代として働いていたことについては、就中(なかんずく)、〝仏の文治〟が面倒を見たこと、俺の耳にも入っておる」

「はあ……」

「町方同心というのは、ただ悪事を働いた奴を捕らえるのが務めではない。人は弱いものだ。一歩間違えれば、誰でも悪いことに手を染めるかもしれぬ」

「たしかに……」

「逆に言えば、周りが良ければ、罪な事をせずに済むのだ……〝仏の文治〟は、そこんところをよく分かっていた岡っ引だ。であろう、徳三郎。そうは思わぬか」

遠山に言われて、徳三郎は深々と頭を下げた。

「きっと、その辺りで……いえ、草葉の陰で聞いて、喜んでいると思います」

「此度の一件は、まさに大間栄三郎や文治がやらかした……いや、言葉が悪いな。このふたりが手がけたような事件だった」

改めて遠山は、徳三郎を見つめ、

「このふたりは必ずしも、俺が俺がと前に出て探索をする者ではなかった」

「あ、はい……」

「黒瀬、おまえがそうだとは言うておらぬぞ……手柄なんぞ誰が挙げても構わぬ。事件の真相を暴き、解決できれば、そして今申したとおり、罪を犯した人間が改心すれば、それが一番良い」

恐縮したように黙って聞いている黒瀬に、遠山はあえて問うた。

「此度の阿片騒動で、最も悪いのは誰だと思う」

「それは……牧野様かと……」

「だが困ったことに、この御仁は急遽開かれた評定所でも、知らぬ損ぜぬを決め込んでおる。だからこそ、確たる証をさらに集めて貰いたいのだ」

「はあ、しかし……」

「市村は切腹に価するが、真相がハッキリするまで、牢屋敷の揚屋に留めておる。こやつは、逃亡した後、札差に押し入って、とんでもないことをやらかしたが……まあ、この札差も実は、阿片で儲けていた節があるのだが……牧野但馬守の御料地まで行って、幾つか証拠を摑んできた」

遠山はそこで、ニヤリと笑って、ふたりの顔を見比べながら、

「さてもさても……この奉行まで騙くらかすとは、おまえたちも、なかなかの知恵者よのう……のう、黒瀬に……徳三郎」

「──はあ?」

首を傾げる黒瀬に、遠山は〝金一封〟を差し出した。

「徳三郎は、市村をわざと逃がして、泳がせたのであろう? 『大黒屋』の裏で起こっていることをすべて明らかにさせるために」

「いえ、そんなことは……」

徳三郎は違うと首を振ったが、遠山はそう思い込んでいるのか、あるいはわざ

となのか、笑みを洩らしながら、

「謙遜はよい。その徳三郎の狙いを、打てば響くかのように受け止めた黒瀬……おぬしもさすがよのう……俺が命じた謹慎処分を受けて、わざわざ切れ者である臨時廻りの加治を、見張り役に付けた」

「……」

「そして、徳三郎の手足として使った……なに、畏れ入ることはない。加治自身が、徳三郎の推察には驚いて、感心しきりだ。だから、此度の事件は、徳三郎のお陰だと申して、今も証拠を摑むために奔走しておる」

「あ、いや、それは……」

誤解だと徳三郎は言おうとしたが、遠山はまた謙遜するなと制して、

「たった今、謹慎蟄居を解く。定町廻り同心として全力で、『大黒屋』一件を探れ。よいな。しかと命じたぞ。下がってよい」

と一方的に言って退散させた。

その夜、料理屋『おたふく』では、寛次が腕をふるった料理に舌鼓を打ちながら、徳三郎の活躍を祝っていた。

「お奉行様がベタ誉めだってね……町奉行所内でも評判らしいよ。さすが大間栄太郎の息子だってね」

桜が酒徳利を勧めると、徳三郎はいらないと断った。

「下戸と知っているくせに……」

「これね、実は中身は、鱧の土瓶蒸しなのよ。徳三郎さん、好きでしょ」

「なんだ。ややこしいことするなよ」

「こうして、さあ……」

おちょこを持たせて、桜が徳利を傾けると、丁度、酒を注いでいるように見える。受けた徳三郎もズッと飲むと、ほんのり柚の香りも口の中で広がって、

「美味え」

と溜息混じりにニコリと笑った。

その時、暖簾を割って、加治に連れられた忠右衛門が入ってきた。少し足を引きずりながら、白木の付け台の前に座って、

「差し入れです」

と手提げ酒樽をドンと置いた。

「この度は、徳三郎の旦那に、ご迷惑をおかけして、申し訳ありませんでした」

「――誰だい」

　徳三郎が訊くと、忠右衛門は照れ笑いしたように、

「私は遠目に何度も見てましたが……そういや、お初にお目にかかります。『大黒屋』の主、忠右衛門でございます」

「おまえ、知らなかったのか」

　間に入るように加治が言ってから、懐をポンと叩いて、

「おまえのお陰で、俺にも金一封だ。いやはや、それでもおまえは、〝文治のお陰だ〟と金を受け取らなかった。畏れ入ったぜ、逢魔が時三郎様」

　と少し皮肉っぽく誉めたが、徳三郎は意に介さず、忠右衛門に向かって、

「この度は、大変な思いをしたな。石まで抱かされたそうじゃないか。足は、大丈夫なのか」

「大したこと、ありません……お父上にも、文治親分にも、一方ならぬお世話になりました。改めて御礼申し上げます」

「寛次さんの昔馴染みだってことも聞いてるよ」

「いや、こいつには……いえ、寛次さんにも色々と、面倒を見て貰いました」

「見てねえよ」

寛次はすぐに返したが、忠右衛門はこの前とは違って、憑きものが取れたように穏やかな顔をしていた。

「覚えてるか、寛次……嫌がるおまえを引っ張り出して、女郎遊びに行ったことがある。その時……」

「余計なことを言うな」

包丁を向けて寛次は言ったが、忠右衛門は構わず続けた。

「その時、ある女郎が逃げ出そうとしたところに出くわしましてね。牛太郎たちが追いかけてきて、連れて帰ろうとしたのを、こいつは止めましてね……私は関わるなってのに、大暴れですよ」

「……」

「相手をぶちのめして、挙げ句の果てに賭場に入って、丁半賭博で勝って、その金をそっくりそのまま、女郎屋に乗り込んで、身請け金として叩きつけたんでさ」

忠右衛門は楽しそうに笑って、

「惚れてる女でもなんでもない。ただの通りすがり。だけど、目の前の困った人を見ると、どうしてもお節介をやかなきゃ済まない奴だった……そこが私と違うところです」

「うるせえ。つまらねえ話をするな」

また寛次は不愉快な顔を向けたが、徳三郎はもっと聞きたいと言った。

「でも、そんとき、やはり相手はやくざ者だから、仕返しにきたんだ……てっきり大喧嘩になるかと思ったら、今度は手出しをしないんです……なぜだと思います？　やられるのが、てめえだからだ」

「……」

「もし、また女がいたぶられるとか、誰かを傷つけるのだとしたら、寛次はブチ切れてたと思う……文治親分は、そういう寛次の俠気ちゅうか……そういうのをよく知ってた」

忠右衛門は自分で話ながら、詫びるような声になって、

「でも、俺は悔しくて……そいつらのひとりを、ぶっ殺したくて、大怪我をさしてしまいました……その時でも、寛次は、自分のせいだからって、文治親分に詫びを入れて罪を被ったんです……」

「……」

「俺はつくづく駄目な男だ……何をしても、おまえに勝てるわけがないのに……本当なら会わせる顔がない……心に隙があったから、夷兵衛みたいな奴に利用さ

れたんだ……すまない。悪かったな、寛次……」

「――知るか。俺には関わりないこった」

寛次はそう言ったものの、まったく怒ってないどころか微笑んでいる。

「詫びるなら、文治親分に謝れ。せっかく持ってきたんだから、ほら、その酒……景気よく、開けねえかい」

「ありがたいことだ。でも、俺はこれから……江戸所払いだ……その前に、挨拶をって、加治様がご配慮下さった。大間様に一言、御礼を言いたくて……」

そう言ってから、忠右衛門は深々と頭を下げた。横合いから、加治が、

「俺は、おまえのようにヘマはやらない。逃がさないように、ちゃんと職務を全うするからな」

と苦笑しながら、忠右衛門を連れて店から出ていこうとした。その忠右衛門に、徳三郎は声をかけた。

「江戸所払いってのは、江戸に住まうことはできないってことであって、遊びに来るのは勝手だ。名主に許しを得れば、旅籠にも一日や二日なら泊まってもよいそうだ……今度はゆっくり寛次と酒を酌み交わすがいい」

すると、忠右衛門は改めて頭を下げて、

「いえ。こいつには、もう二度と会いたくありやせん」

と言うと、寛次もすぐに笑って返した。

「俺もだ。思い出したくもねえ昔話は懲り懲りだ」

「ああ、そうだな……」

忠右衛門は今一度、深々と礼をしてから、加藤に連れられて出て行った。

「だったら、別れの杯を交わせばよかったのに」

厨房から出てきた桜が、忠右衛門が持ってきた酒樽の栓を抜いた。

「分かってないねえ……男心を。また会おうってことじゃないか。なあ、寛次」

徳三郎が言うと、寛次は「いいえ」とにべもなく答えた。

「それじゃあ、徳三郎さんは飲めないから、まずはお父っつぁんから……」

桜は湯呑(ゆの)みに注いで、徳三郎の隣に置いた。

そこには、文治が座っている。

「──見えるのかい？」

桜に訊く徳三郎に、答えたのは寛次の方だった。

「いつもそこを見て、ぶつぶつ言ってるから、きっと徳三郎さんには見えているんだろうと、女将さんと話してたんですよ」

「いや、本当にいるんだよ。ここにいるんだよ。今日はちゃんと話しておきたいんだがな。実は俺はガキの頃から……」

「はいはい。います、います」

桜は相手にしないとばかりに、今度は寛次にも自分にもたっぷり注いで、音頭を取るように、

「なんだか知らないけど、めでてえなあ」

と文治がよく口にしていた科白を言ってから、乾杯をした。

「――なんだか知らないけど……」

徳三郎も有り難そうに杯を掲げて、鱧の土瓶蒸しの汁を啜った。

「それより、訊いてみやしたか」

文治が訊くと、徳三郎は察して、首を横に振った。

「だらしがねえですね。たかが女ひとりに、うじうじと……」

「うじうじって言い方はないだろ。おまえの娘のことじゃないか。そりゃ俺だってね、言えるものなら言ってるよ。でもさ、物事には順番てものがあるだろ」

「分かりやしたよ。そういうふうにグズグズしているうちに、他の誰かに取られちまうんですよ。ほら、そこの寛次だって、まんざらでもないみたいだし」

徳三郎が付け台の中を見ると、桜と寛次ふたりはまるで夫婦のように寄り添って、忙しげに手伝い合っている。

「おい。もう少し離れろよ」

文治が思わず言うと、徳三郎もそれをなぞって言った。

「人の娘に馴れ馴れしくするんじゃねえ」

「――えっ。なんだって？　私、あなたの娘じゃないけれど」

桜が返すと、徳三郎は困ったように、

「あ、いや……文治がそう言ったんだよ……ほんとだよ」

と言うと、文治は「しっかりしなせえ」と背中を思い切り叩いたが、スルッと通過しただけだった。それからも、お互いぶつぶつやりあっている。そんな徳三郎の姿を見て、桜と寛次は「またやってるよ」と苦笑した。

そうしているうちに、ガヤガヤと客が入ってきた。店が満杯になって、今宵も賑やかに夜が更けているのであった。

文治も嬉しそうに桜を眺めながら、飲む真似をしていた。

第四話　鬼の仇討ち

一

淡い月が雲に隠れた。夜廻りをするには中途半端だが、このような夜こそ、何かが起きることが多かった。

徳三郎は五郎八とふたりで、大店が並ぶ日本橋から京橋、神田辺りをぐるりと巡っていた。少し足を伸ばし、浜町河岸の方に来た。たまにだが、辻斬りが出ることもあるからだ。まだ暑い時節なのに、大川の夜風が妙に冷たい。

「――旦那……そろそろ、あっしにも御用札を戴けませんかねえ」

五郎八は思い切ったように尋ねた。徳三郎は何を言い出すのかと、小首を傾げ、

「俺が、かい……」

「へえ。文治親分には、まだ半人前だと言われましたが、こうして鉛の十手は持

っているものの、どうもね……」

子供の玩具のような短くて小さなもので、たしかに捕り物の時でも、大して役に立ちそうもない。むろん、御用札を貰ったところで、岡っ引の十手は自前である。それでも、格好だけで持っているのと、正式に同心から御用を与るのとは意味合いがまったく違う。

「でも、俺だってまだ駆け出しだから、御用札を渡すなんてことは……」

「旦那はもう見習じゃなくて、立派な定町廻り同心なんですから」

「同心並、だ……おまえと同じ半人前だよ。そうだよな、文治」

徳三郎が振り返ると、幽霊の文治が首を横に振って、「まだまだだな」と言った。

「やっぱり、まだまだだってよ」

「え……」

「まあ、文治が認めてくれるまで、頑張るんだな」

「そうですよね。御用番屋の奴らにも言われました。おまえは下っ引どころか、金魚の糞に過ぎねえってね。だから、徳三郎の旦那のために働かなきゃ、役に立たなきゃいけねえと思ってやす」

「そうか、頑張れよって、文治も言ってる」

「へえ。気張ります」

五郎八が小さな十手を握りしめたとき、

――うぎゃあ！

とすぐ近くの土手の方で声があがった。辻斬りかと思った徳三郎が駆け出すと、行く手の大川端に人影が浮かんだ。

徳三郎たちが駆け寄ると、大店の主人風の男と刀を抜いたままの用心棒らしき浪人が立っていた。その前には、ならず者風の男がひとり倒れていた。少し離れた所ではガサガサと下草に足を取られながら逃げる男の後ろ姿が見えた。

「おい、五郎八」

と徳三郎が言う前に、五郎八は韋駄天で追いかけていた。

大店の主人風の男はでっぷりと肥えているが、少し迷惑そうな顔で、

「いきなり二人組に襲われました。だから、用心棒の先生がとっさに……そこの地蔵堂の裏から背中を狙われたのですが、先生が気付いてくれたのです」

と言い訳じみて述べた。

「旦那は、どちらの……」

「ああ、これは失礼しました。私は日本橋の普請請負問屋『多度津屋』の主で、弘法衛門と申します。こちらは、元土浦藩の藩士、神沢義兵衛さんです」

「弘法に神様か。大層な御仁たちだ……『多度津屋』ならば公儀御用達、大店中の大店だな。俺は、北町奉行所・定町廻り同心の大間徳三郎。たまさか通りかかったが、役儀によって調べる。しばし、ここにて待て」

　徳三郎が懸命に同心らしく振る舞うと、弘法衛門は「ああ」と目を丸くし、

「もしかして、大間栄太郎様の……」

「え、ああ、そうだ」

「そうでございましたか。これはお見逸れ致しました。大間様には生前、お世話になりました。岡っ引のたしか……文治親分にも、色々と面倒をみていただいたことがあります」

　父親と文治のことは、よく人から言われるので、徳三郎は「またか」と思ったが、適当に頷いて、すぐに検分にかかった。

　月の光が充分に届いておらず、辻灯籠もないので、詳細は近くの自身番に運んでからでもよいが、自分の分かる範囲でまずは見立てをしなければならない。

「見事な腕前ですな、神沢さん……私も香取神道流を少し囓りましたが、まさに

その一太刀……相手は匕首です。峰打ちとかには、できませなんだか」

「いきなりだったのでな。振り向き様……」

「抜いたままバッサリと……というわけですね、刀を見せて貰っていいですか」

徳三郎の求めに応じて、まだ血脂を拭っていない刀身を見せた。これもかなりの業物（わざもの）に思えたが、こんな間近からもろに叩き斬られてはひとたまりもあるまい。

地面に仰向けに倒れているのは、三十絡みのならず者風の男だった。

「この者に見覚えは？」

しゃがみ込んだ徳三郎は、顔をきちんと弘法衛門に見せた。

「――さあ。分かりません」

「では、誰かに襲われる覚えはないか」

「まったく……」

「何処（どこ）へ行ってたんだ」

「ええ……これから、両国橋西詰めにある料亭に……」

「料亭……なんという店です」

「『松亀楼（まつきろう）』という所ですが、それが何か」

「そこで誰かと会うはずだったのですか」

「ええ……」

「相手は何方です」

「──なんだか、私が悪いことでもしているような問いかけですな」

不機嫌になった弘法衛門に、徳三郎は問い詰めるように、

「言えない相手なのかい」

「いいえ……取引先の相手です……」

「取引先ね。誰ですか」

「そこまで言わなくてはなりませんか……うちから、そこへ向かう途中に、こうして襲われたのですから」

明らかに答えるのを嫌がっている様子の弘法衛門に、徳三郎はさらに訊いた。

「いや、京橋から両国橋に行くのに、今の刻限、わざわざここは通らないだろうなと思っただけでね。ただでさえ、辻斬りの噂があるところだから……ま、それはいいとして、会う相手は？」

「答えないと疚しい相手だと思われそうですね……うちの下請けの『菊茂』という店の大工の棟梁ですよ」

「下請けの『菊茂』ね……」

徳三郎が繰り返すと、弘法衛門は不愉快そうに、

「今宵はもう出向くのは、やめておきます。また何かあったら困りますから。私は帰りますから、先生……すみませんが、『松亀楼』まで行って、こういう次第なので、また日を改めてと伝えてくれますか」

と頼んだ。だが、徳三郎はそれを止めて、

「いや、それは後で、俺が『松亀楼』まで言って伝えよう。おふたりは、一度、最寄りの……人形町の自身番まで来てくれ」

そう命令した。明らかに、弘法衛門も神沢も嫌な顔になったが、仕方がないと従うしかなかった。だが、狙われたのは自分たちだと繰り返した。

するると、傍らで見ていた文治が声をかけた。

「徳三郎さん……順序が逆ですよ」

「なにが……」

横を振り向いて返事をした徳三郎に、しゃがみ込んで亡骸を検分しながら、文治は首を傾げながら言った。

「たしかに、これは、そこの浪人が今、斬ったばかりでしょう。でも、一太刀を浴びせるってことは、よほどですよ」

「ま、そうだが……」

「もしかしたら、誰かに襲われるかも……と思っていたのかもしれやせん。まま、それは今、相手に問い質すことはありやせんが、相手が名乗ったからといって、本当に本人かどうかは分かりません」

「だから、なんだよ」

「ええ、私は知ってますがね、本人です」

「だったら、いいじゃないか」

「でも、この『多度津屋』弘法衛門って人は、相当の食わせもんとの評判です。今し方、お父上やあっしに世話になったといいましたが、昔、ちょっとした事件で迷惑を被っただけでさ」

「ちょっとした事件とは……」

「ま、それは今、関わりないと思いますが……調べの順序としては、逃げたのを五郎八に追わせたのもいいですが、この殺された奴の身許を調べりゃ分かろうってもんです。まずは、死体を自身番に運ぶと同時に、斬ったのはその用心棒なんですから、理由はどうであれ、〝人殺し〟として調べなきゃいけやせん」

「だから……」

「殺した方の言うことを信じてちゃ、探索は間違いやすよ。生きてる人間てなあ、平気で嘘をつきやすからねえ」

文治の言い分は一理あるが、突然、事件に出くわしたのだ。徳三郎とて狼狽するのは当然であろう。それにしては、きちんと対応している方だと自分では思っていたが、文治は「最初が肝心だ」と言った。

「でも、『松亀楼』に自分で行くと言ったのは、正しい判断でやす」

「ああ、そうかい……一々、うるせえな。だったら、おまえが先に行って、誰が待ってるか調べりゃいいだろ」

「あっしを使いっ走りにするんで」

「嫌なら黙ってろ。少しは俺のことも信用しろってんだ」

「では、あっしは用無しってことで」

「ああ、そうだよ。いい加減、消えろよ」

うるさそうに手を振ると、文治は「さいですか。では、ご随意に」と投げ出すように言って、姿をスッと消した。

そんなやりとりを見ていた弘法衛門と神沢は、大丈夫かという顔で、

「旦那……一体、なんですか……」

「いや。なんでもない。事件に出くわすと、独り言を言うのが癖でな。でも、たしかに、理由はどうであれ、斬ったのは神沢さん、あんただよな」

「だから、今言ったように……」

「分かった。『多度津屋』の主人であることも、確認を取った」

「――えっ。誰にです……」

「有名だからな。嘘をついても仕方があるまい。災難には違いないが、また誰かに狙われるかもしれぬ。少しばかり、付き合って貰うぜ。いいな、おふたりさん」

徳三郎は夜風に吹かれながら笑ったが、弘法衛門と神沢は、面倒臭いことに巻き込まれてしまったと深い溜息をつくのであった。

二

翌朝、本所竪川は一之橋近くの普請場に、徳三郎は姿を表した。

長屋の建て替えをしているようで、足場を組んだ上で、数人の大工や人足らが材木を抱えて仕事をしていた。その下では、『菊茂』の印半纏（しるしばんてん）を羽織った若い男が、

「そっちじゃねえ。もっと上だ。そう、その上だ……いや、もっと左で……」

などと指示を出していた。

一見、優男風だが、その顔は日焼けしており、普請場を受け持つ自信が漲っていた。まだ三十前だと思うが、大工の棟梁らしい立派な体軀で、発する声に張りがあり、威厳すらあった。

指図が一段落ついた頃、徳三郎が声をかけた。

「幸吉さん……『菊茂』の棟梁、幸吉さんだよな」

振り向いた幸吉は、訝しげに徳三郎の姿を見た。町方同心がふいに現れて、気持ちのいい者はいない。しかも、このような普請場には、町奉行所から細かな視察や検査を受けることもあって、作業が止まるのが嫌だったのだ。

「――なんでござんしょう」

「幸吉さんに間違いないな……『菊茂』ってのは先代の棟梁の名前で、おまえのお父っつぁんで、それが屋号なんだな」

「へえ……何か……」

「昨夜のことで、ちょいと訊きたいことがある。いいかな」

他の大工たちの耳には入らないような配慮を見せて、竪川沿いの道まで出た。

ギシギシと櫓の音をさせながら、沢山の荷物を載せた川船が往き来している。

「その先にある両国橋を渡ってすぐの所に、『松亀楼』があるのは知ってるな」

「へえ。よく普請問屋の方々とか、大工の棟梁たちが使ってますが……」

「昨夜、どうして来てなかったんだい」

「えっ……ゆうべ……あ、あッ」

幸吉はシマッタという顔になって、自分のおでこを叩いた。その様子を見て、徳三郎は少し違和感を感じたが、問い続けた。

「普請問屋『多度津屋』の主人、弘法衛門と会う約束だったはずだな」

「へえ、そうです」

「しかも、おまえの方から誘っていた」

「おっしゃるとおりです」

「なのに、その店に、おまえは来ていなかった。自分から呼び出しておいて、待ち合わせ場所にいないというのは、どういう訳だ」

「――いやあ……あっしは、オッチョコチョイのところがあって、たまにポカをやらかしちゃうんですよね」

「ポカ……自分が誘っておいて、うっかり忘れてたってのか」

「近々始まる武家屋敷の図面を、大工仲間と引いてて、夢中になっちまって……」

「何人かで寄り集まってってことかい」

「そうです……ああ、どうしよう。また旦那に大目玉を食らうなあ」

幸吉は今の今まで見せていた堂々とした棟梁の態度とは、がらりと変わって、情けない若者の印象に変わった。が、徳三郎には何となく芝居がかって見えた。

「用件は何だったんだい」

「それは、仕事上のお願いです……」

「――その弘法衛門さんが、おまえに会いに行く途中、何者かに襲われたんだ」

「えっ……ええ！」

吃驚（びっくり）した幸吉は、狼狽しながら、

「で……どうなったですか、ご主人は……」

「大丈夫だ。何事もなかった」

徳三郎が答えると、安堵して座り込み、「ああ、よかった」と何度も繰り返した。

「そんなに心配するほどの相手なのに、待ち合わせは忘れたのかい」

「面目ありません……急ぎの仕事だったもので……しかも、『多度津屋』さんから廻ってきた仕事なのに……なんってこった」

幸吉はまた自分を責めるように、頭をコツンとやった。

「うちは……『菊茂』は親父の代から、『多度津屋』さんには大変、お世話になってて、うちの大工や左官たちが、なんとか食ってこれられたのも、弘法衛門さんあってのお陰です……だから、うちじゃ〝御大師様〟って、呼んでるんです」

「そうか。おまえの所は、『多度津屋』の普請や作事の下請けってわけだな」

「おっしゃるとおりです」

頭を下げながら立ち上がった幸吉は、

「では、怪我もしなかったのですね、弘法衛門さんは」

「ああ。だが、相手が死んだ」

「えっ……ご主人を襲った奴がですかい」

「神沢義兵衛という用心棒が一刀両断にな。俺の見立てでも、見事な腕前だったよ……それほどの用心棒を雇わなきゃいけないほど、誰かに狙われる人物なのか、あの主人は」

徳三郎が疑問を呈すると、幸吉は少し不安げな顔になって、

「そりゃ、あれだけの商売をしている方ですからね。敵は多いかもしれません……でも、御公儀の普請に関してはキチンと〝入れ札〟どおりに手配りしてるはずですし、俺たちのような小さな普請屋……いや、大工たちにも、食うに困らな

いよう色々と、気を使ってくれてます」

「なるほど、それで〝御大師様〟か……だが、昨日、襲ったのは二人組だった。ひとりは、まだ逃げたまま見つかってないが、心当たりはないかな」

「俺が……ですかい」

「なんでもいいのだ。『多度津屋』の商売敵、あるいは弘法衛門さんを恨みに思っている者……噂話でもいい。何か思い当たることがあれば、教えてくれないかな」

「──俺たち下っ端は何も……」

「だが、公儀御用達の『多度津屋』を呼び出すほどの棟梁なんだろ、おまえは」

皮肉っぽく徳三郎が言うと、幸吉は首を横に振りながら、

「とんでもありやせん……俺の親父が、そこそこの大棟梁と言われたんで、弘法衛門さんも一目置いてくれてたんです。もうかれこれ七回忌になりますがね……だから、俺にも少しは目をかけてくれてるんでさ」

「親の七光り、か」

徳三郎は自分のことに重ねたつもりだが、幸吉は苦笑いをして、

「そんなところです。親父のお陰で、俺もうちの若い者たちも食えてやす」

と素直に言った。

その時、「幸吉さん！　ここにいたの」と声を上げながら、振袖姿の町娘が小走りで近づいてきた。大きな花柄の派手な色の着物だが、朗らかな顔だちの娘には似合っていた。

息を弾ませながら幸吉の前に来た町娘は、ちょこんと徳三郎に挨拶(あいさつ)をしてから、手にしていた風呂敷包みを差し出した。昼に食べる握り飯だという。

「いつも、すまねえなあ。若い衆の分までよ」

「何を言ってるの。嫁の務めです。今日は昆布とおかか、梅干し以外に、からすみのも入ってるからね」

「可愛(かわい)い嫁さんだな」

徳三郎が微笑(ほほえ)むと、幸吉は違うと手を振って、

「とんでもありやせん」

「だって、今……」

「それこそ話してたばかりの『多度津屋』のお嬢様ですよ。俺には高嶺の花だ」

幸吉は自嘲ぎみに微笑むと、徳三郎は苦笑して、

「――高嶺の花か……俺なんか、すぐ手の届くところにあるのに、千里にも万里

にも感じてらぁ」

と一瞬だけ、桜の顔が浮かんだ。

「旦那にも惚れた女でも？」

「いや。そういうことじゃない……姉ちゃんを嫁にするわけにもいかないしな」

照れ臭いのを誤魔化すように言う徳三郎を、幸吉は一瞬、強張った顔になって見た。その表情を見て、

「なんだ……俺の話はいいよ……ええと、なんだっけ……」

と狼狽すると、娘の方はニコリと微笑んで、

「お駒と申します。よろしくお願いします」

と素直に挨拶をした。

「私は、幸吉さんの女房になると決めているんです。ええ、生まれたときから」

「生まれたときから、そりゃいい」

合わせて笑った徳三郎だが、このふたりの馴れ初めをもっと聞きたくなった。

だが、今は御用できている。

「お父っつぁんが、何者かに襲われたってのに、こうやって暢気に握り飯を持ってきてくれるとは、さすがお嬢様だな」

徳三郎の言い草は自分も年頃だから、妬いているようにも見えた。

「えっ……お父っつぁんが……」

お駒は何も知らない様子だった。心配してはいけないから、敢えて弘法衛門は言わなかったのかもしれぬが、徳三郎はその父娘の関係も、少し不自然に感じた。

「大事なことだから言っておくがな……」

お駒と幸吉ふたりに、徳三郎は説教じみた口調で、

「弘法衛門さんが狙われるということは、娘のあんたも危ないかもしれねえ。帰りは俺がついていってやるが、幸吉さん、気をつけてやんなきゃ駄目だぞ」

「——あ、はい……」

幸吉は不安げな目になったが、徳三郎はお駒にも聞きたいことがあると、半ば強引にその場から連れ去った。

お駒の方も心配そうに後ろを振り返ったりしていたが、小さく手を振ると、幸吉の方も徳三郎に向かって深々と一礼した。

「礼儀正しい人だな」

「はい。甘やかされて育った私には、勿体ないくらいです」

笑顔が可愛らしい。持って生まれた素直で明るい性分なのだろう。女は気立て

がよくて、可愛げがあって、頭がよければ最高だと、父親がよく言っていたが、徳三郎にも分かる気がする。

「でも……お父っつぁんは、私たちのことには反対なんです」

「弘法衛門さんは知っているのか、ふたりの仲を」

「はい。だから、昨日も、幸吉さんに会うと言って出かけました」

徳三郎は、幸吉がその約束を忘れていたことには、敢えて触れなかった。話の腰を折りそうだったからである。

「でも、すぐに帰って来たから……もしかしたら、話が拗れたのかなあって……」

「拗れる……立派な若棟梁のようだが、弘法衛門さんはどうして反対なのだ」

「分かりません。ただ……」

「ただ……」

「お父っつぁんは案外、人を見下すので、大工ふぜいと一緒になんかさせないって……あんなに大工さんたちの世話になっているのにね……自分が食わしてやってるって気持ちが強いんです」

「ま、そんなような感じは、昨夜、自身番で調べたときも言ってたな……」

「だけど、幸吉さんはお父っつぁんとは大違い。誰にも分け隔てなく接してる。

私にもね。請負先の大店の娘だからって、特別扱いしない。そういう所が大好き。だから、私、生涯、幸吉さんの側にいるって決めてるんです。幸吉さんも、命がけで大切にするって、いつも言ってくれるんです」

「相当、惚れてるんだな」

「そりゃもう。幸吉さんのいない人生なんて考えられません。いつだって私のことを気にかけてくれてるし、それこそならず者みたいなのに私が襲われそうになったときも、怪我を負いながら助けてくれました」

　大切にしている女を守るのは、当たり前だろうと徳三郎は思った。とはいっても、人間、イザという時に本性が出るものだ。怖くて逃げ出す者もいるだろうが、幸吉はそういう種類の人間ではないということか——と徳三郎は感じた。

「ところでな、お駒さん……お父っつぁんが誰かに狙われる覚えはないかい」

「さあ……」

「あれだけの人物だから、誰かに恨まれることもあろうかと、幸吉さんも話していたが、俺も調べてみた。もう何人かめぼしいのを摑(つか)んでいる」

「えっ……そうなのですか」

「何処の誰かは、ここで話すわけにはいかないが、どんな小さなことでもいいんだ。思い出したら、俺に報せてくれないか」

　徳三郎は自分の身分と名前を、改めて名乗って、

「弘法衛門さんを狙ったのが誰で、理由が何なのかをハッキリさせないと、神沢
さんも、やむを得ず殺したのかどうか、お奉行も裁決できないのだ」

「……」

「何より、弘法衛門さんの身がまた狙われるかもしれないからな」

「なんだか、とても怖いです……」

「脅すつもりはないが、お駒さんも充分、気をつけていた方がいい」

「ありがとうございます」

「俺もよくポカをするが、幸吉さんほどオッチョコチョイじゃない。何かあったら、すぐに頼りにしてくれ」

冗談混じりに徳三郎が言うと、お駒は小首を傾げて、

「オッチョコチョイ？　幸吉さんが？」

「うむ。自分で言ってたぜ。約束したこともつい忘れるって」

「あはは。それは謙遜ですよ。幸吉さんほど、生真面目で、何事にも準備万端、用意周到というか、決して、間違いはしない人です。大工ってのは、一寸の過ち

で大きな事故に繋がるってね」

「そうなのか……」

徳三郎の胸に嫌な焦りに似たものが、俄に広がった。

「じゃ、お駒さんとの逢い引きの約束を、幸吉さんが忘れるなんてことは……」

「あるわけがない。いっつも私より先に来て、待ってるような人。もし、遅れるような事があれば、必ず使いを立ててでも報せてにきてくれる」

「……」

「私にだけじゃありませんよ。誰にだって、そう。だから、そこんところは、お父っつぁんも信頼しているって言うんだけど……」

困ったように眉根を上げて、お駒は唇を尖らせた。その表情もまた可愛らしい。幸吉はこのようなお駒に惚れたのであろう。

だが、徳三郎は、「ポカをした」という言い訳が、嘘だったのだと感じた。この娘も知らない裏の顔があるのではないかという、ざわついた疑念に包まれていった。

三

普請請負問屋『多度津屋』は、日本橋通り南三丁目に面した、数寄屋町にあった。ここに大工や職人が出入りするわけではないが、普請奉行や作事奉行はもとより、その配下の与力や同心、小普請組の役人たちもよく集まるので、常に賑わっていた。

——『多度津屋』は公儀の役所の出先。

だと言われるほどだった。

ここで、主に公儀普請の規模や予算に応じて、材木問屋の指定や大工の選定をする。さらに、地面をならす地形師、左官、漆喰師から瓦職人、手伝い人足らを募り、その数の見積もりや支払いなどを執りおこなうのである。

主人の弘法衛門はもとより、番頭の角兵衛を中心に、数人の手代頭、手代ら数十人、さらに小僧、下男や女中ら総勢百人ほどが所狭しと働いている、大店中の大店である。

お駒は、この店のひとり娘であるから、蝶よ花よと育てられたのも無理はない。

お内儀の和代は病がちなので、あまり人前に出ることはなく、奥で暮らしている。その身のまわりの世話に、数人の女中が付いているほどだった。

　弘法衛門は店の帳場にじっとしておらず、座敷で算盤を弾き帳面を付けている手代に指示したり、材木の仕入れから搬送などの指示をしたりして自ら忙しくしている。ゆえに、お内儀と話すのは、夜寝る少し前くらいだけで、飯もろくに一緒に食べていない。

　それほどの働き者であり、大店の主人にありがちな、ふんぞり返って人任せにすることはなかった。弘法衛門はこの店の三代目ではあるが、ここまで身代を大きくしたのは当人である。ゆえに、自分が一代で築いたも同然だと自負していた。

「――お父っつぁん……働きすぎると、また倒れるわよ……」

　何年か前に心の臓を悪くして、蔵の中で仕事をしているときに、突然、倒れたことがある。幸い大事には至らなかったが、元々、肥る体質なのか、あまり壮健とは言えなかった。だから、娘も心配しているのだが、

「女が仕事場に顔を出すものじゃない。さあ、引っ込んだ、引っ込んだ」

　と迷惑がっている。

「番頭さんや手代たちがしっかり働いてくれてるんだから、お父っつぁんはもう

少し、ゆったりと構えて……」

「バカを言うな。人間、働かなくなったら、終いだ。油断すれば、それこそアッという間に奈落の底だ……辛抱、我慢、勤勉……そうやって頑張り続けないと、商売は食うか食われるかだからな」

弘法衛門は娘の心配を余所に、働くことしか頭にないようだった。

「たまには、おっ母さんを連れて湯治にでも行ってあげてよ」

「そうしてやりたいが……見て見ろ。こうして、江戸中から普請のために人が集まってきているのだ。江戸の繁栄を支えているのは、うちなんだから、のんびり湯になんぞ浸かってられるものか。和代もそんなことは、望んでいないよ。さあ、どいたどいた」

常に動いていないと気が済まない気質なのは、お駒は百も承知しているが、こういう性分だから、知らぬところで誰かに恨みを買っているのかもしれない。そう思って、問いかけると、弘法衛門は眉間に皺を寄せた。

「そんなことを一々、心配していたら、何もできやしないよ」

「だったら、昨日は誰に狙われたの」

「——おまえ、どうして、そのことを……」

気まずそうに弘法衛門が訊き返すと、お駒は心配そうに、

「幸吉さんに昼のおにぎりを持っていたとき、北町同心の大間さんて方が調べにきてて……私、話を聞いて吃驚した。どうして、話してくれなかったの」

「あのバカ同心、余計なことを……」

「そんな言い草はないでしょ」

「お駒……そんなことより、まだ『菊茂』の幸吉なんかに……」

「どうして、幸吉さんは駄目なの？　私のこと、本気で惚れてくれてる」

腹立たしげに言う弘法衛門に、逆にお駒が問い返した。

「バカ言うな。おまえが、そう思ってるだけだ」

「そんなことない。おっ母さんの体のことも、お父っつぁんが働きすぎのことも、心から心配してるわ」

「――分かるもんか……」

「真面目でいい人ってことは、お父っつぁんも認めてるじゃない」

「とにかく、駄目なものは駄目だ……あいつの顔を見ているだけで、反吐がでそうなんだよ、私は。この話はもうなしだ」

「お父っつぁん……」

泣き出しそうになるお駒の肩を持って、弘法衛門は優しく言った。

「実は昨日もな……幸吉に呼び出されたので、金輪際、おまえとの縁談はないとハッキリ断ろうと思って、出かけたんだ」

「えっ……」

「ところが、その途中で、妙な輩に襲われて……神沢さんがいなければ危なかった……やっぱり疫病神なんだよ、あいつは」

「やっぱりって……」

「――ま、その話はいい。とにかく、あの男がおまえに近づいているのは、この身代を欲しがってるだけだ」

「そんなことない……」

「祖父さんが、それこそ四国の弘法大師様ゆかりの多度津から出てきて、普請を扱う商いを始めた。それを親父が踏ん張って繋ぎ、私が大きくしたんだ……あんな奴に乗っ取られてたまるものかッ」

まるで恨みでもあるかのように、弘法衛門は罵った。それでも、お駒は唇を噛みしめながら、父親の手を払って、

「だったら、私が出て行きます……幸吉さんの所へ行きます」

「馬鹿なことを……」

「本気です。幸吉さんは、身ひとつでいいから、俺のもとに来てくれと、いつも言ってるんです。だから私……」

そこまで言うと、お駒は顔を覆って、奥の方へ小走りで立ち去った。そんな様子を襖の陰から見ていた神沢が、弘法衛門の前に出てきた。その顔を見て、

「何をしでかすか分からないから、見張ってて下さい」

と心配げに頭を下げた。

「かなりの重傷のようだな……しかし、俺が言うのもなんだが、どうしてそこまで反対なのかも理解できぬ」

「――つまらぬ男に、娘をやるなんてことは、父親として、決してしてはならない……先生は、お子さんがいらっしゃいますか」

「天涯孤独だ……国元で、役儀とはいえ、謀反者の父親を殺めてからはな……」

昔の話は多少、知っているのであろう。弘法衛門は武士としての辛い立場も、納得したように頷いて、

「私にとっては、お駒も……そして、あの幸吉も謀反者ですよ」

「ならば、場合によっては……」

弘法衛門は頷きこそしなかったが、最後の手段として、幸吉を亡き者にすることも考えていた。その心中を神沢は察したようだった。が、弘法衛門の方が慌てたように、

「先生……早とちりはしないで下さいよ……お駒は本当は利口な子だ……話せば必ず分かってくれるかと……」

と呟くように言った。

遣り手の商人の面構えから、ひとりの父親の顔になった。

その頃――。

北町奉行所・定町廻り同心詰所では、いつもの風景が広がっていた。まだ新任の徳三郎を、筆頭同心の黒瀬光明が散々、いびっているのだ。

「だからよ、何度も同じ事を言わすんじゃないぞ、こら」

「は、はい……」

「たかが、追い剝ぎの類を用心棒が斬っただけの事件なんぞ、さっさと片付けろと言ってるんだ。他にも大きな事件は幾つもある。定町廻りはたった六人しかいないんだ。隠密廻りや臨時廻りもそれぞれ色々と抱えてるから、こっちまで手が

廻らないんだ」

　加藤や小野、岸川、橋本ら他の定町廻りたちもそれぞれの事件に出払っている。徳三郎はひとりで臨んでいるのだ。

「『多度津屋』といや、誰もが知ってる大商人だ。そいつの懐を狙って、襲ってきたに違いあるまい。返り討ちに遭ったのは、どうせろくでもない奴だろう。とっとと身許を調べて、御用帳を閉じろ」

　事件に始末をつけろということだが、徳三郎は首振り人形のように頷くだけで、どうも要領を得ない。

　――なぜ、幸吉は自分で誘っておきながら、『松亀楼』に来なかったのか。

　お駒から聞いた幸吉の本当の気性と矛盾することにも、徳三郎は疑念を抱いていた。

　――約束を忘れる訳がない。初めから来る気がなかったのか、それとも何か計算尽くで行かなかったのか……。

　いずれにせよ、幸吉にはもう一度、会って真意を確かめなければならぬと、徳三郎は感じていた。

「おい。人の話を聞いてるのか」

黒瀬は徳三郎の真ん前に陣取り、語気を強めて話し始めた。

「だったら、俺が筋立てをしてハッキリと言ってやろう。おまえは、ただの辻斬りや物盗りの類とは思ってないんだろう?」

「はい……」

「だったら、こうだ。おまえから受けた報せで想像できることだ」

徳三郎は、黒瀬の言うことを、真顔で聞いていた。

「いいか……『多度津屋』弘法衛門は、〝何者か〟によって、呼び出された。しかも、わざわざ人気のない道を選んで、両国橋西詰めの『松亀楼』に向かったが、いつもその道を通ることを、〝何者か〟は知っていた……そして、その通りに来たところを、〝何者か〟は襲った」

「ああ……」

「その〝何者か〟とは、幸吉しかいないんじゃねえか」

「なるほど。それは、いいところに気付きましたね、黒瀬さん」

「……おまえ、バカにしてるのか」

「でもね、幸吉は、大工仲間と図面を引いていたって話したんです。だから、『松亀楼』に行くのを忘れたと」

「その大工仲間とは誰なんだ。一緒に図面を引いてたって奴は」

「それは、これから確かめようと……」

「まだ調べてもないのか。ダメな奴だな、やっぱり、おまえは……」

黒瀬は唾棄するように言って、

「ついでに言っといてやるが、大工仲間といっても、自分の若い衆のことだろう。口裏だって合わせることができる。当人たち以外の証言も要るな、これは」

「はい。承知してます」

「本当かよ……」

疑り深い目になって、黒瀬が吐息を漏らしたとき、町方中間が「五郎八が大間様に報せたいことがある」と表門の外に駆けつけてきたと駆け込んできた。

「きっと、逃げたならず者をとっ捕まえたんですよ」

徳三郎は黒瀬に一礼すると、意気揚々と表門の外に向かった。

「えらいこってす、若旦那……」

沈鬱な表情の五郎八が駆け寄ってきた。

「若はいらないよ。どうだ、身許が分かったんだな」

「へえ、分かったのは分かったんですが……死んでやした」

「ええ……!?」

「てか……多分、殺されてやす」

「なんだと」

仰け反りそうになった徳三郎は、遺体が上がったという不忍池近く、三橋側にある自身番まで駆けつけた。

四

自身番には、上野から下谷広小路界隈を縄張りにしている年配の銀蔵という岡っ引が、すでに待っていた。土間の筵敷きの上に置いたならず者の遺体は、まだ徳三郎よりも若い、子供みたいな顔の男だった。

だが、徳三郎には確認のしようがなかった。弘法衛門が襲われたのは、月の明かりもろくにない闇夜だったし、駆けつけたときにはすでに逃げ出していた。しかも後ろ姿しか見ていなかった。

五郎八はその後を懸命に追ったが、ほとんど丸一日、探し廻っていたことになる。五郎八の話では、あと数間というところまで追いついたのだが、路地に置いてあった空の酒樽を転がされて、一旦は見失った。

だが、近くの町木戸が閉まりかけていて、そこを擦り抜けていった怪しい奴がいたので、追いかけた。韋駄天の五郎八はその足を生かして、今度は追いついたが、

「――ご覧のように刺されました……」

よく見ると、左袖に傷があって、乾いた血も残っている。

「大した怪我じゃないので、そいつをぶん殴って地面に引き倒したのですが、意外と力がある奴で、また刺されそうになったので離れた隙に逃げられやした……面目ありやせん」

「それでも、探してたってわけか」

「顔はしっかりと見ましたんでね。それと、こいつの右目の上の瘤は、あっしが殴ったためにできたものです」

五郎八は意地でもとっ捕まえようと、怪我を押して探してたのだ。

「で……この界隈に来たので、自身番にいた銀蔵親分にも頼んで、その子分らも一緒に探してくれてたんです」

深々と礼をする五郎八の前で、銀蔵はいかにも岡っ引の大親分らしく、

「なに、こっちは当たり前のことをしただけだ。礼には及ばねえ」

と言った。

これまで数々の手柄を立てているだけあって、貫禄も充分である。だが、言葉の端々に、少し自慢めいたものが出る。それが徳三郎には耳障りだったが、それもまだ自分が半人前だからかもしれぬと思い直した。

「見てのとおり、刃物で胸を突かれて、池に落とされたんだろう……見つけたのは通りがかった近くの〝けころ〟だが、もしかしたら女郎屋に隠れ家があったのかもしれねえな」

銀蔵はそう見立てた。〝けころ〟とは、夜鷹同然の安女郎で、飲み屋の二階などで、寝転がるからそう呼ばれた。

「〝けころ〟が死体を見つけたのですか」

徳三郎は親ぐらいの歳だからか、銀蔵に丁寧な言葉遣いで訊いた。

「ああ、そうだ……」

銀蔵が答えると、控えている五郎八が付け足した。

「俺が探しているとき、その〝けころ〟を見かけて声をかけたら、誰かは分からないけど死体が上がったって聞いたんでさ。それで、俺もここに来てみたら……」

「追いかけてた奴だったたってわけだな」

「へえ、そうでやす」

五郎八の返事を聞いて、徳三郎は腕組みで考えながら、

「てことは、その〝けころ〟が見つけてなかったら、こいつは池の底に沈んだままだったかもしれないってことか……こっちに取っては運が良かったな、五郎八」

と頷いてから、改めて銀蔵に尋ねた。

「では、この男が誰か、銀蔵親分は知ってるのですか」

「俺はよく知らないが、うちの若いのが知ってた。この辺りから浅草の間をうろついてるちんけな下っ端で、仁吉(にきち)というらしい。で……『多度津屋』の主人を襲ったって奴の亡骸も確認させたところ、こいつの兄貴分の佐八(さはち)って半端者だった」

「佐八と仁吉……」

口の中で繰り返してから、徳三郎は銀蔵に訊いた。

「こいつらは、どうして『多度津屋』の弘法衛門を襲ったんでしょうね」

「さあ……この仏に拷問したところで、答えられねえだろうな」

「……」

「仏といや、文治親分は、大間さんのお父様に仕えてた立派な岡っ引だった。あ

っしらにとっても、いいお手本でしたぜ」

「有り難いことに、よく言われます」

徳三郎は辟易とした感じだったが、適当に返してから、

「――誰かに頼まれたのですかねえ」

「え……何がだい」

「ですから、佐八と仁吉が『多度津屋』さんを狙ったことですよ。だってね、銀蔵親分、背後から刃物でいきなり突きかかってるんです。物盗りなら、『金を出せ』って脅しますよね。それに……」

「それに……？」

「用心棒がいるのに狙ったってことは、機会はその時しかないと判断したのでは」

銀蔵は唸って聞いていたが、目尻が上がって、黒い瞳がキラリと光った。

「もしかして、大間の旦那は、狙った奴の目星がついてるんですかい」

「……」

「で、こいつは、口封じに消された……とでも」

「――え、ああ……これは、まだ内密にして欲しいのだが……」

徳三郎が言いかけたとき、銀蔵の背後の神棚の下辺りに、ぼうっと文治の姿が

浮かんだ。そして、こっちへ来いとばかりに手招きをした。だが、徳三郎は追い払うように、

「いいんだよ。一々、出てくるなよ」

と言った。

思わず銀蔵は後ろを振り返った。誰もいないから、

「――なんです……」

と訊いた。徳三郎はなんでもないと続きを話し始めると、スーッと滑るように文治は、すぐ耳元まで近づいてきて、

「だから、こいつに話すのはやめた方がいいです。食わせ物ですからね。たしかに大親分だが、岡っ引仲間では評判が悪い。厄介事になるのは目に見えてやすから、肝心要な話はしねえ方が……」

「だから、おまえの方がうるさいんだよ。俺はちゃんと親分と話してるんだから、邪魔するなってんだ」

横を向いて、また追っ払うような仕草をする。その異様としか見えない態度を、銀蔵も気味悪そうに見ながら、

「大丈夫ですかい、旦那……探索で疲れてるんじゃないんですか」

「憑かれてるのは幽霊だ」

「え……」

「いや、なんでもない……気を取り直して、ちゃんと話すとだな……」

徳三郎はハッキリと断言するように、

「幸吉という大工が怪しい。俺はそう睨んでる……とまではいかないが、疑ってる」

「大工の幸吉……」

訝しげな目になる銀蔵に、徳三郎はこれまでの経緯を詳しく述べてから、

「約束など忘れたことのない幸吉が、お駒さんとの話を父親の弘法衛門とする席に、行かないわけがない」

「でやすねえ……聞いた限りじゃ、妙なことです」

「だろう。もしかしたら、幸吉が、そのふたりに頼んで、弘法衛門を狙ったのかもしれない……娘と一緒にしてくれないことを恨んでいたかもしれないし、あくまでも噂だが……娘を虜にして、身代を狙ってということも、チラリと聞いたのでな」

徳三郎がペラペラ話すと、じっと聞いていた銀蔵は磨き上げた十手で、ポンポ

ンと軽く掌を叩きながら、

「いい所に目を付けなさったね、旦那。さすがは大間栄太郎様のご子息だ」

「それは、いいから……」

「分かりやした。この件についちゃ、あっしらも探索のお手伝いをしてみやしょう」

「それは、ありがたい」

諸手を挙げんばかりに、徳三郎は喜んで、

「五郎八、おまえ、その怪我を治してから、銀蔵親分に同行しろ。この際、御用聞きのイロハを教えて貰ったらいい」

と言うと、銀蔵は遠慮がちに断った。

「いやいや、文治親分の元で働いていた者を、俺が預かるわけには……」

「そんな大袈裟なことじゃなくて、私と同じで、こいつも駆け出し同然ですから、今後とも宜しくお付き合い下さい」

徳三郎はまるで押しつけるように言ってから、

「親分たちは、佐八と仁吉の身辺を探って、幸吉と繋がりがあるかどうかなどを、調べてくれないかな……俺はもう一度、幸吉を真っ正面から問い詰めるつもりだ」

と強い意志を示すと、銀蔵もそれに応えるように胸を叩いて、

「そこまで言われれば、承知致しやした。五郎八の面倒も見させて戴きやす」

「これで、私も千人力だ」

煽てるように言ってから、徳三郎は自身番から勢いよく飛び出していった。それを見送っていた銀蔵の目がさらに輝いて、

「若いってのは、いいもんだ。なあ、五郎八さんよ……」

と言った。が、その睨んだような目つきが鋭くて、五郎八には少しばかり不気味に感じ、緊張するのだった。

五

竪川にある『菊茂』近くまで来ると、柳の下で文治が待っていた。やり過ごして行こうとする徳三郎に、

「銀蔵なんかに丸投げしたのは、間違いでやしたね」

と文治が声をかけながら、ついてきた。

「妬いてるのか」

「そうじゃありやせん。五郎八に偉そうに言ってやしたが、探索のイロハが旦那こそ、逆さまでやすぜ」

「ほう。どう逆さまなんだ」

「手の内を、誰彼構わず見せちゃいけやせんや」

「なんだ、手の内ってのは……」

「幸吉を疑ってるとか、お駒や弘法衛門との関わりとか、あんな噂話まで……身代を乗っ取るなんて、誰が言ってるんですか。そりゃ、弘法衛門は警戒している節はありやすがね、旦那は誰に聞いたんで？」

「人の噂ってのは、蝿や蚊みたいに何処でも飛んでるさ」

徳三郎が急に立ち止まると、文治は「おっと、危ねえ」と言いながらも、体を通り抜けていった。

「なあ、文治……」

「――なんでやす。神妙な顔になって」

「やっぱり俺が頼りないから、こうして、しつこくついて来てるのか」

「ハッキリ言って、そういうことです」

「そうか。だったら、事のついでだ。こいつらを調べてくれないか」

「こいつら……」

懐から紙切れを出した徳三郎は、それを木陰の地面に置いて、風に飛ばないよう小石を載せた。そこには、数人の名前が、徳三郎の字で墨書されてある。

「読めるんだよな、文字も」

「へえ、よく見えやすが……これが何か」

「俺がちょっと調べた、怪しい奴だ」

「怪しい奴……」

「弘法衛門を狙ってると思われる者たちだ。同じ普請問屋の『奥州屋』の主人・杢左衛門、大工棟梁の源蔵、小普請奉行の今井倫之介、両替商の『周防屋』番頭・朔兵衛……そして、幸吉……いや、幸吉は俺がこれから当たる」

文治は書き付けを覗き込みながら、

「こいつらが、なぜ……」

「杢左衛門は、何度も公儀御用達の看板を貰いたいと勘定奉行や町奉行に訴え出てるが、すべて断られてる。『多度津屋』がある限り不要というのが理由だ」

「なるほど……」

「他の奴らもそれぞれ細かな関わりがあるようだが、肝心なことは、いずれも弘法衛門に借金があるってことだ」

「そうなんで？　幸吉もですかい」

「ああ……三百両余りだが、これはかなりの大金だ……」

「ええッ。そんなに⁈　どうしてです」

「それを、これから問い詰めに行くんだよ。金の揉め事と殺しってのは、事件の定番中の定番。そうなんだろ。じゃ、頼んだぜ」

　徳三郎はそう命じると、意気揚々と歩き出した。文治はそれを拾おうとしたが、手が出せないので、徳三郎を呼び止めたが、

「構わぬ、置いておけ」

　とだけ言って、先に進んだ。その背中に、文治は声をかけた。

「いつの間に、こんなことまで調べてたんでやす」

「おまえが寝てる間にだよ」

「えっ……」

「日が明るいときは、ずっと寝てるんだろ」

　からかうように言って先を急ぐ後ろ姿を、文治は頼もしそうに見送っていた。

　夜になって――。

仕事を終えて帰ってきた幸吉は、『菊茂』の中で待っていた徳三郎を見て、異様なほど吃驚した顔になった。

「どうした。幽霊を見たみたいに」

徳三郎が微笑むと、幸吉は前とは少し違って、よそよそしい感じであった。

「訊きたいことが幾つかあるんだ。いいかな」

「構いませんが、ここじゃなんなんで、奥にどうぞ」

「そうか、悪いな」

幸吉に誘われるままに、徳三郎は奥の部屋に行った。大工ばかりの、しかも男所帯なのに、綺麗に整理整頓されていて、埃ひとつなく掃除も行き届いていた。

「几帳面なんだってな。お駒から聞いたよ」

「その話ですね……お駒もまた来て、お父っつぁんと喧嘩したって、色々と聞かされましたよ。でも、家に帰しました。ここにいられたら、それこそ主人に大目玉だ」

箱火鉢には炭はないが、厨房から若い衆が茶を運んできて置くと、すぐに立ち去ろうとした。が、徳三郎は呼び止めて、

「おまえさんも、昨夜、図面を一緒に引いてたのかい、幸吉と」

「えっ……」

「昨夜のことだよ」

「へえ。幸吉さん、今度は菊川町の大名屋敷を引き受けたんで、それで熱心で、あっしともうひとり、ほとんど寝ずで……だから、今日も眠くって……」

「そうかい。ありがとうよ」

若い衆は一礼して、立ち去った。

「本当に『松亀楼』に行くのを忘れたようだな」

「ええ、まあ……」

「お駒から聞いた人柄とは随分、違うが……まあ、いいや。誰にだって、忘れることくらいあるよな」

徳三郎がやはり皮肉めいて言うと、幸吉は溜息混じりで頷いて、

「たしかに、お駒のことで話し合いをしたいと申し出たのはあっしですが、会う場所や刻限を指示したのは、ご主人の方です。それも、十日ほど前のことです。忙しい方ですから、仕方がないですが……あっしの落ち度です」

「そうかい……でな、訊きたいのは、借金のことだ」

本題とばかりに徳三郎は膝を詰めるような仕草で、幸吉をじっと見た。

「三百両も、弘法衛門から借金があるそうだな」

「えっ……」

「どうなんだい」

「――ええ、あります……この家を建てるときに、近所周りへの祝儀や若い衆らへ慰労ってこともあって、確かに借りました」

「返してないのかい」

「借りたのは、親父です。亡くなる直前でしてね……三年前のことです。でも、『菊茂』の借金であることは間違いないので、少しずつではありますが、返してます」

「返してる……」

「ええ。うちに支払われるべき普請代から、差っ引く形で」

「そうかい。だったら、銭金の問題はふたりの間にはないってことだな」

「へえ。ありやせん」

「確かだな」

「疑うのなら、弘法衛門さんに訊いて下さいやし」

　幸吉は少し不機嫌になったが、徳三郎はあっさりと返した。

「そうするよ。じゃ、別のことを尋ねるが、佐八と仁吉という遊び人を知ってるか」

「さあ……知りません」

「本当に？」

疑い深そうな目になる徳三郎に、キッパリと知らないと応えてから、

「旦那……何が訊きたいんでしょうか」

と幸吉は尋ね返した。

「弘法衛門を狙ったのは、このふたりなんだ」

「えっ、そうなんで……」

驚いた幸吉だが、徳三郎にはまた芝居がかって見えた。

「だが、このふたりと弘法衛門の間には、今のところ、まったく繋がりがないのだ。かといって、追い剝ぎの類でもない。詳しくは、他の者が調べてるところだが、弘法衛門を狙ったとしたら……おまえさんが雇ったのかなと、そう思ってな」

ズバリ訊いた徳三郎に、幸吉は感情を露わにした。

「どういう意味です、旦那……あっしが、ご主人を狙ったとでも」

「だとしたら辻褄が合うんだ。おまえが『松亀楼』に行かなかったのも、来ない

と分かっていたからじゃないのか」

「冗談じゃねえですよ。なんで、あっしが……親父にとっても俺にとっても大恩人だ。なんで、俺が……バカも休み休みに言ってくだせえ。話にならねえ」

「――そう興奮するなよ。若造の同心に舐められたとでも、思ったのかい」

徳三郎の言いっぷりは、挑発しているようでもあった。

「俺も駆け出しなんでね、必死なんだ。たまたま出くわした事件だから、余計、気になって、ちょこまか調べたんだよ、この短い間にな。そしたらさ……おまえと弘法衛門が大喧嘩をしてるのを見てた者もいるんだよ」

「……」

「ぶっ殺すぞって、息巻いていたそうじゃないか……もっとも弘法衛門の方も負けてはいない。随分とおまえのことを、罵っていたようだがな……本当は、恨んでるんだろ」

「そんなことくらいで、人殺し扱いかよ。大工なんざ、普請現場では毎日、喧嘩しているようなもんだ」

鼻息が荒くなった幸吉を、徳三郎は凝視しながら、

「お駒をたらしこんで婿入りすれば、下請けから抜け出せる。偉そうに罵られる

 こともない。それどころか、『多度津屋』って大店の跡取りだ……そのつもりで、お駒に近づいてるって噂だぜ」

「言いたい奴には勝手に言わせておけ」

「でも、弘法衛門が今、死んだら、お駒との縁談は誰も反対できない。おまえは、すんなり『多度津屋』の主人になれるって寸法なんじゃないのかい」

　そこまで徳三郎が話したとき、幸吉は腰を浮かして、

「ふざけるな！」

　と怒鳴って、茶碗を襖に投げつけた。

「ほら。本当のことを言われると、人間はカッとなる。文治がよく言ってたよ」

「うるせえ！　嘘八百並べ立てられ、やってもねえことを疑われたら、誰だって怒るぜ。もう帰りやがれ、このヘボ同心！」

　幸吉の張り上げた大声を訊いて、若い衆が数人、飛んできた。いずれも、棟梁である幸吉を守るかのように立ちはだかった。

　徳三郎はゆっくり立ち上がりながら、

「こんなおまえの姿を、お駒が見たら、どう思うかな……今日のところは退散するが、また明日、来るから、覚悟しときなよ」

「うるせえ！　二度と来るな！」

徳三郎が若い衆を押し退けるようにして、表に出ると背後から、

「塩を撒いとけ！」

という声が聞こえた。ほとんど同時、徳三郎の羽織の背中に、ドサッと塩の塊が飛んできた。思わず振り返ったが、若い衆たちはならず者のような厳つい顔で睨んでいた。

歩き出した徳三郎の前に、ふいに人影が立った——銀蔵だった。

「散々、でしたね……」

「見てたのかい」

「やはり、旦那の見立てどおりでしたぜ。殺された佐八と仁吉は、幸吉と知り合いだったようですぜ」

「ほう。どういう……」

「下っ引なんぞの調べでは、賭場仲間だったとか……どうやら、金で弘法衛門さんの始末を頼んだらしい」

「理由はなんだい」

「さあ、ふたりは死んでいるので、理由は分からないが、旦那も聞いたとおり、

借金のこととか、娘のこととか、色んな積年の恨みやつらみがあるんじゃないかねえ」

意味ありげにほくそ笑む銀蔵に、徳三郎は詳細を聞きたいと言った。

「ようござんすよ。あっしの知ってることならばね」

六

銀蔵は竪川沿いにある小さな赤提灯に、徳三郎を誘った。酒は飲めないが、腹が減ったところなので、深川飯や煮魚を食べながら、銀蔵の話を聞いた。

銀蔵は、若い頃から、『多度津屋』に限らず、色々な普請請負問屋には出入りしているらしい。その理由は、普請請負問屋は、人足の手配もする。日銭稼ぎの人足の中には、無宿者なども混じっていることがある。それこそ寄場帰りの者もいるので、喧嘩や揉め事がよく起こる。

その仲裁をしたり、場合によっては捕縛するために、銀蔵のような岡っ引がよく雇われていたのだ。その頃、文治も出入りしていたという。役人と喧嘩をした人足が斬られた事件で、あまり表沙汰にしないように、あれこれ苦労したはずだと、銀蔵は話した。

——文治が話していた、ちょっとした事件とは、このことか……。

と徳三郎は思った。

「弘法衛門さんは若い頃、今と違って痩せてて色男でね、なかなかの艶福家だった。言い寄ってくる女に悉く手を出したって話です。だから、弘法衛門が胤の子は何人もいるって噂です。とんだ〝御大師様〟だ」

「そうなのか……そうは見えないが」

「生涯、その手の男もいますが、大概は仕事や他のことで夢中になることがあれば、しぜんと遠のきますあね。弘法衛門さんの場合は仕事だったんでしょうな。下地があったとはいえ、あれだけの店にしたのは立派なもんだ。その分、恨みを持つ者もいやす」

「のようだな……」

「でね、肝心な話ですが……弘法衛門さんは自分の店の下働きの女にも手を出してました。その中に、お清という名前どおり清楚な女がおりましてな、出入りの業者や大工らにも嫁に欲しいと評判の美形でした」

「羨ましい限りだ。俺なんかまだ……」

徳三郎が俯くと、銀蔵は意外そうな目を向けて、

「旦那……もしかして筆卸はまだですかい」

「なんだ、筆卸ってのは」

「まあ、その話はいいです……で、お清が孕んだんです。周りの者たちもそれに気付いてましたがね、てっきり女房にすると思ってやした。でも、父親に反対されたわけでもねえのに、棄てちまいやした」

「棄てた……」

「ええ。自分の子かどうかなんて分かるもんかってね」

「そりゃ、酷いな……」

「美形だし、色んな男が言い寄っていたから、疑ったんじゃありやせんかね。それでも……お清を貫いたいって男がいやした。大工の棟梁・菊茂です」

「えっ……！」

徳三郎は銀蔵の話をそのまま信じたわけではないが、衝撃は隠せなかった。

「では、幸吉は……弘法衛門の息子ってわけかい」

「そこまでは断ずることはできやせん。ですが、当時のお清が、他の男と関わりを持ってる節はありやせん……でも、弘法衛門は疑って、あるいは厄介払いをし

たかったのか、菊茂に押しつけた、ってのが正直なところじゃないでしょうかね。事実、その後、すぐにちゃんと和代さんて嫁を貰ってるんですから」

「――そうだったのか……」

幸吉の激昂したときの顔を、徳三郎は思い出していた。

「で、幸吉は、弘法衛門が自分の父親だってことを知っているのか」

「そこまでは、あっしも……」

銀蔵は首を横に振ったが、わずかに瞳をギラつかせて、

「でも、あんなに堂々と文句を言って困らせたり、喧嘩腰になったりするのは、勘づいているからじゃないですかね」

「……」

「そうでないとしても、自分の母親を菊茂に押しつけたってことは、知ってるんじゃ……」

銀蔵自身も何度か、ふたりが摑み合い同然の言い争いをしていたのを見かけたことがある。特に、幸吉の方は根深い恨みを抱いているようで、今にも殺しそうな雰囲気だったという。

「殺しそうな……」

「へえ。だから、此度、佐八と仁吉に狙わせたんじゃないですかね」

「……」

「そして、旦那方が追い詰めたものだから、仁吉を口封じに消した。あっしは、そう睨んでやす」

確信に満ちて言った銀蔵を、徳三郎はギラリとなった目で見つめ返した。

「なるほど。やはり、そうかな……」

「間違いねえと思いやす」

銀次はしかと頷いた。だが、わずかに首を捻った徳三郎は、

「それなら、なぜ、お駒に言い寄ってたのかな……腹違いの妹ってことになる女なのに……それでも『多度津屋』の身代を奪いたいからかな……」

「悪事をしようって奴は、それくらいのことは平気なんじゃありやせんかね」

「ふむ。悪事なあ……いや、役に立つ話を聞かせて貰った。銀蔵親分、ここは奢りだ」

徳三郎は一分銀を置いて立ち上がった。一両の四分の一だから、大層な金額である。だが、銀蔵はこれくらいの金は貰い慣れているのか、当然のように、

「有り難く、ご馳走になりやす。旦那は一滴も飲まねえのに、申し訳ございやせ

ん」

と一分銀を握りしめた。

「後のことも、宜しく頼んだぜ」

軽く微笑んで店から出て行く徳三郎を見送る目が、小馬鹿にしたように揺れた。入れ替わりに下っ引が入ってきて、

「どんなもんです……」

「まだまだ若造だが、何を考えているか分からねえところもある。余計なことをしねえように、きちんと見張っておきな」

銀蔵はそう命じて、杯を傾けたが、その姿を格子窓越しに見ている者が、今ひとりいた——五郎八である。なぜか唇を震わせて、何か言いたげな、怒りに満ちた目つきだった。


翌日、深川は十万坪辺りに広がっている材木置き場に、幸吉の姿があった。材木商や木挽師、鳶などの人足らと、普請に使う材木の選定や製材、切り割りなどの打ち合わせをしているようだった。

その前に、徳三郎が現れたので、幸吉は露骨に嫌な顔をして、

「しつけえな、あんた」

と声を強めた。他の者たちが驚くほどの悪態だった。

「そうじゃないんだ……おまえに、謝らなきゃいけないと思ってな」

穏やかな顔で徳三郎は言ったつもりだが、幸吉の方は訝しげに睨み返すだけだった。だが、仕事が一段落までつくまで待っていると、渋々と近づいてきた。

海面には筏に組んだ材木が広がっている。塩水に浸っていると、材木が腐らないから、そうしているのだ。

腰掛け代わりに近くに積んである材木に座って、徳三郎はぽつりと言った。

「ガキの頃、俺はよく、ここに座ってたんだ……材木と潮風が入り混じった匂いが好きでな……目の前は江戸の海、遥か遠くには富士山が見える……何も考えなくて、頭の中がスッキリした」

「……」

幸吉も少し間を開けて、材木に腰掛け、同じ風景を眺めた。徳三郎は遠くを見廻しながら続けた。

「俺の親父は、本当の親父じゃないんだ」

「えっ……」

「大間栄太郎って、北町きっての名物同心とは、血の繋がりがないんだ……だから、大間の倅だと誉められるたんびに、なんていうか……申し訳ないというか、期待に応えることなんぞ、絶対できないよなって思いで……」

海を見て話す徳三郎の横顔を、幸吉はじっと見ていた。

「おふくろの実家が、この近くにあったんだ……小さな一膳飯屋だったらしいが、祖父さんが死んでから店を閉めた。でも、親戚もいたから、時々、ここにな……」

「……」

「そのおふくろは、店にたまたま立ち寄った行商人とできちまったようで、駆け落ち同然に出ていった……けど、俺を孕んで戻ってきたんだが、その頃、出会った大間栄太郎様が情をかけたのか、なんだったのか……夫婦になったんだよ」

「——そうだったのかい……」

「だから、実の父親が誰かなんてことは知らない。それでいいと思ってる。俺がこうして、まだ半端者だが十手を持てるのは、親父がしっかりと育ててくれたお陰だからだ」

「……」

「そのおふくろは、俺が十歳くらいの頃、流行病で死んだ……似てねえか」

「えっ……」

「おまえとだよ」

徳三郎は幸吉の方を向いた。

「違うのは、俺は親父のことは知らないが、おまえには立派な父親が誰か分かってるってことだ……そうだろ」

海風が少し強くなって、渦を巻くようにふたりを包み込んだ。

「冗談じゃねえよ……立派なもんか」

幸吉は明らかに、弘法衛門が実の父親だと知っている口振りだった。黙って、徳三郎は聞いていた。

「俺は、菊茂の倅だ。この大工の腕前も、ちょっとした商才も、ぜんぶ親父から叩き込まれたもんだ。あんな奴は……ただの金の亡者だよ。俺の父親（てておや）なんかじゃねえ」

キッパリと幸吉は断言した。

「しかも、人を人とも思わねえ、ろくでなしだ……それでも俺の親父は、仕事を貰うために、土下座をして弘法衛門に頼むのが、当たり前だった……若い大工を何人も抱え、女房と俺もいる……下請け稼業は辛えと文句を言いながらも、親父は何度も頭を下げて……」

悔しそうな顔で、幸吉は続けた。

「ある夜……親父が一度だけ、弘法衛門に怒鳴ったことがある」

「……」

「いつものように、なんとか仕事を頼んだが、どうしても金の工面ができないから、必死に訴えた。そしたら、弘法衛門は、『おまえ、いつまで息子をネタにして、俺を脅すつもりだ。幸吉が俺の子だと世間にバラしたいなら、そうしろ。おまえには、金輪際、仕事はやらない』……そう言ったんだ」

その時、菊茂はバッと立ち上がり、弘法衛門の胸ぐらを摑んで、

「俺がいつ、そんな脅しをしたよ！　幸吉は俺の子だ。てめえこそ、余計なことを言うんじゃねえぞ！」

と顔を真っ赤にして、そのまま首を締め上げるのではないかと思ったほどだった。

「——幸吉……おまえはそれを見ていたのかい」

徳三郎が訊くと、幸吉は素直に頷いて、

「ガキの頃だが、目に焼きついてるよ……正直、吃驚(びっくり)したよ……おふくろも死ん

でるし、確かめようがねえ……でも、俺は弘法衛門の子なんかじゃねえ。菊茂の子だ。その方がいいと、ずっと思ってきた」

「だろうな……」

「でも、なんだかんだといっても、『多度津屋』がなけりゃ、俺たちは食いっぱぐれる。だから、必死に我慢してきた……かといって、手を抜いたり、弘法衛門を悪く言ったりすることもなかった」

「……」

「ところが……お駒がなぜか俺のことを気に入ってくれてよ……俺も心惹かれるものがある……けど、ダメなんだ……俺とお駒は、一緒になんかなれないんだ……分かるだろ」

幸吉は悔し涙で奥歯を嚙みしめていた。

「お駒は事情を知らないから、ああして明るい顔で、毎日のように飯場まで来てくれる……でも、弘法衛門は、俺の方がお駒をたらしこんで、身代を狙ってるなどと思ってる……」

「……」

「だから、いつかはきちんと話さなきゃ、弘法衛門にもそのことを伝えなきゃと、思ってたんだけど……お駒の気持ちを考えたら、辛くてよ……でも、引きずってる方が酷いよな……」

終いの方は消え入るような声になった。その幸吉に、徳三郎はきちんと話した。

「俺みたいな若造にはよく分からないけれど、弘法衛門には誤解なきよう、ちゃんとおまえの気持ちも、話した方がいいんじゃないかな。そう思うけどな」

徳三郎はまた目を海の方に戻した。キラキラと燦めく水面が異様に眩しかった。

七

その夜、『多度津屋』の離れには、幸吉が印半纏姿で座っていた。いつになく神妙な面持ちの幸吉に、側に座っているお駒も不安げに見つめていた。

弘法衛門が険しい顔で入ってくると、幸吉は深々と両手をついて、

「この度は、また新たな普請を手配り下さり、ありがとうございました。深く深く、感謝申し上げます」

と丁寧に礼を述べた。が、弘法衛門は表情が硬いまま、

「その話ではなかろう。お駒との縁談は決して認めない。話すだけ無駄だが、お

駒のたっての願いだ。気持ちだけは聞いてやる」

横柄な態度はいつもと変わらず、ふたりの仲は認めぬという意志も強かった。

「申し上げます。あっしは、お駒さんのことを心底、好いておりやす。へえ、この世で一番、惚れておりやす。だからこそ……身を引きとう存じます」

断固たる表情で決意を幸吉が述べたことに、弘法衛門よりも驚いたのは、お駒の方だった。てっきり、「嫁に貰いたい」と許しを請いに来たと思っていたからである。

「――ど、どうして、そんなことを……ねえ、幸吉さん……」

狼狽するお駒を、弘法衛門は宥めるように制して、幸吉の話を聞けと言った。

「お駒さんの思いも嬉しゅうございます。でも、あっしとは、どう考えても釣り合いが取れないお嬢様でございます。端から、お嫁に欲しいなどとは、思ってもいませんでした」

まるで愛想尽かしをするように、幸吉は言った。

「そんな……幸吉さん……」

お駒が泣き出しそうになるのを、幸吉はちらっと見たが、頭を下げて、

「ですから、前々から、私は旦那様にきちんと話さねばならないと思っておりや

した……ましてや、私との間を好ましく思っていない旦那様には、もっと早くに伝えておくべきでした。ですが……」

と言葉を詰まらせたが、懸命に続けた。

「毎日のように見るお駒さんの顔を見ていると、言いそびれてしまいやした……ですが、安心して下せえ。旦那にとって大切なお駒さんを、あっしが貰う所以はありません」

幸吉が本当に言わんとすることを、弘法衛門は勘づいたようだった。それゆえ、却って気遣うように、

「そうか……だったら、それでいい。これまでどおり、一生懸命、働いてくれ」

と励ました。

それ以上の言葉は交わさなかった。だが、幸吉と弘法衛門はお互いが、〝本当の父子〟であることを感じていた。

だが、お駒としては理解できないことだった。

「なぜ……どうして、お父っつぁん……こんなの、あんまりです……もしかしら、私を諦めさせて、その代わり普請仕事を渡したりしたんじゃないでしょうね」

「――お駒……私のことを、そこまで酷い人間だと思ってるのかね」

「だったら……どうして認めてくれないのです……私、絶対に、幸吉さんと一緒になりたい……幸吉さん、助けて……お父っつぁんに何か言われたのね……端から嫁に貰うつもりはないなんて……そんなの嘘よね」

　涙を溢れさせて縋りつくお駒の腕を、とっさに摑んだのは、弘法衛門の方だった。

「すまねえ、お駒……さん……俺は……俺はちょいとばかり、お駒さんの気持ちを弄んでただけなんだ……」

「嘘よ……嘘ばっかり……」

「勘弁してくれ……」

　幸吉も涙を嚙みしめながら、頭を下げた。

　それでも納得できずに泣き出すお駒だが、弘法衛門は意を決したように、

「これで話はおしまいだ。お駒、分かっただろう。こいつは、おまえに惚れてなんかいなかったんだ」

　と立ち上がろうとした。

「ひとつだけ、お願いがありやす」

「なんだ……」

「あっしの親父に、礼を言ってくれませんか……」

「なに……」

「しがねえ大工でしたが、あっしを一人前に育ててくれやした……それに応えるのが、せめてもの親孝行だと思ってやす」

「……」

「親父の形見です……これに一言、かけてやって下せえ……」

と幸吉が懐から手拭いを広げ、サッと出したのは、一本の使い込んだ鑿（のみ）だった。

それを見た瞬間、弘法衛門は何か感じたのか、ゆらゆらと座り込んだ。

「お、お願いしやす……」

涙声で頼みながら、幸吉が近づこうとしたときである。

サッと障子戸が開いて、銀蔵が乗り込んで来るや、「危ねえ、旦那！」と声をかけると同時、幸吉を踏みつけて腕を捩り上げ、鑿を取り上げた。さらに、下っ引も三人ばかり乗り込んできて、あっという間に、幸吉を組み伏せてしまった。

「なんだね、これは……」

弘法衛門は吃驚し、お駒も恐怖の目で見ている。何事かと、用心棒の神沢も刀を手にして乗り込んできていた。

「――危ないところでござんした……こいつは、ならず者を金で雇って、旦那を亡き者にしようとしたんだ」

銀蔵は丁寧に腰を折って話した。

「それが、この前の夜のこと。それで失敗したもんで、今日は神妙なふりをして、虎視眈々と狙ってたんでやすよ」

啞然となる弘法衛門だが、幸吉を睨みつけ、「そうなのか」と訊いた。が、幸吉は口を塞がれて足搔くだけだった。

「――お嬢さん……この幸吉は、あんたとは一緒にはなれねえ。なぜなら、あんたの腹違いの兄だからだ」

「おい。銀蔵親分……」

弘法衛門は言うなと止めようとしたが、

「いいえ、旦那。お嬢様に諦めさせるなら、本当のことを話しておいた方がいい。幸吉は、旦那が別の女に産ませた子で、菊茂は育ての親に過ぎねえ」

「親分、何もそんなことを、ここで……」

狼狽する弘法衛門は、お駒の側に寄って肩を抱き寄せた。だが、銀蔵はここぞとばかりに声を張り上げた。

「こんな男が、弘法衛門さん、あんたの実の子だと分かったら、商売にも差し支えますぜ。ましてや、お嬢さんを傷物にされちゃ、世間の笑いものです」

「おい、親分……」

「こいつは、旦那の命を狙っただけじゃなく、正真正銘の人殺し……自分が雇った仁吉って、遊び人を口封じに殺したんですよ」

銀蔵が滔々と話すことを、お駒は信じられないと首を振った。弘法衛門も困惑しながら、大声を出した。

「やめてくれ……なんで、そんなことを……捕り物なら、余所でやってくれ」

「でも、旦那。あっしが一歩でも入ってくるのが遅れたら、この鑿でグサリとやられてやしたぜ……弘法衛門さんよ」

恩着せがましく銀蔵が言ったときである。五郎八が乗り込んできて、

「その辺で、いいんじゃありやせんか、銀蔵親分」

と声をかけた。

「──なに」

振り返った銀蔵の目に、幾つも掲げられた御用提灯が飛び込んできた。店の中庭や渡り廊下に広がっている。

捕方が乗り込んでくるや、一斉に飛び掛かったのは幸吉にではなく、銀蔵にだった。

「な、何をしやがる。下手人は……」

銀蔵が足掻こうとすると、渡り廊下から、徳三郎が入ってきた。

「黙れ、銀蔵。あの夜、『多度津屋』の主人、弘法衛門をならず者ふたりに襲わせたのは、おまえだ、銀蔵」

「なにを、ばかな……」

「だから、神沢さんがいなけりゃ、どうなっていたかねえ」

「大間様……何を言い出すんです」

「仁吉の死体が上がったときから、私はおかしいなあと思ってたんだよ……こいつは、口封じに消されたんじゃないかと、おまえはすぐに勘づいた……口封じ……なんで、そう思ったのかって思ったよ」

「……」

「そしたら、すぐに俺に、下手人の目星がついているのかって訊いてきた……で、幸吉の話をしたら、俄然、乗ってきた……口封じをしたのは、あんただ」

捕方に縛られた銀蔵に向かって、徳三郎が話すのを、下っ引たちは面食らって見ていた。

「だから、おまえは、幸吉のせいにできるって踏んだんだ。理由はふたつある。佐八と仁吉に弘法衛門を殺せと命じたのは、あんた自身だってこと。それを隠せる」

「……」

「そして、弘法衛門が亡くなって『多度津屋』が傾けば、おまえと昵懇の普請問屋『奥州屋』杢左衛門が、公儀御用達になれる……杢左衛門は、あんたとの関わりを認めてるよ。今頃は、遠山様直々に詮議されているだろう」

「まさか、そんな……なんだ、この茶番は」

抗う銀蔵に、五郎八は言った。

「あっしも浅草界隈を散々、調べましたがね……佐八と仁吉はあんたの下っ引同然の遊び人だったそうじゃないか。逆に幸吉との繋がりは何処にもない。そもそも、口封じに仁吉を殺そうにも、その時は、仕事の最中だ」

「うるせえッ……大間……てめえ、俺をハメやがったな……今夜、幸吉が〝鑿を持って〟ここに来ることを、俺に教えたじゃないか。なんだ、これはッ」

「――これ幸いと飛び込んできたのは、おまえの判断だろ」

徳三郎は険しい目つきになって、十手で銀蔵の肩口を叩きつけて、

「観念しな。弘法衛門殺しを唆した罪、並びに仁吉を殺した咎で調べによって、引っ捕らえろ」

と命じると、捕方たちは威勢の良い返事をして、奉行所へ連行していった。徳三郎も立ち去ろうとすると、幸吉が呼び止めた。

「待ってくれ……俺への疑いは晴れたようだが、お駒が……お駒が知らなくていいことを、知ってしまったじゃないか」

「……」

「どうしてくれるんだよ」

幸吉が責めるように徳三郎を睨み上げていると、騒ぎに驚いて来たのか、内儀の和代が寝間着に羽織をかけただけの姿を表した。

「おっ母さん……」

お駒は心配そうに寄り添うと、和代は憂いを帯びた顔ながら、

「おまえ様……お駒と幸吉さんとのこと、認めてあげてもいいんじゃないかい」

と弘法衛門に向かって切々と語った。

「ねえ、おまえさん……」

和代の言葉に、お駒の方が戸惑っていた。

弘法衛門は座り込むと、何度も頷きながら、ぽつりと言った。

「そうだな。そうだよな……お駒……おまえは実は……和代の連れ子なんだ……」

「えっ……」

「おまえがまだ乳飲み子の頃だ……和代は亭主に病で死なれたが、実家は『播磨屋』という大きな普請請負問屋の娘だった……縁あって知り合ったが、私はこの女の面倒を見れば、『播磨屋』の財力をもって、うちの商売にも弾みがつくと思った……」

「……」

「すまない……何もかも、自分勝手な……私のせいだ……因果応報……我が身だけじゃなく、みんなに迷惑をかけた……すまない……申し訳なかった……」

打ちひしがれる弘法衛門だが、お駒は妙に嬉しそうな顔になって、

「だったら、お父っつぁん……おっ母さん……私と幸吉さんは、血の繋がりがないんだから、一緒になれるってことだよね……そうなんだよねッ。それに、お父っつぁんの子なら、本当の跡取りじゃないの」

と、にこやかに笑った。

悲しみを帯びている中で、お駒は小鳥の袖を広げて舞って、やはり驚いている幸吉に抱きついた。

そんなふたりを、弘法衛門と和代は黙って見守っているしかなかった。

座敷の一角には、文治もにこやかに座ってはいたが、

「旦那……嘘はいけやせんや、嘘は」

「えっ。何がだい」

「旦那は正真正銘、大間栄太郎の息子でござんすよ。おっ母さんのことも、行商人と駆け落ちしたって、そりゃあんまりだ。そんな嘘、おっ母さんが可哀想ですよ」

「——何処で聞いてたんだよ」

「何処で聞いてようが、あっしの勝手でしょう。とにかく、探索のためだろうが、人から本音を聞き出すためであろうが、人を騙すのは、よくありません」

「でも、銀蔵が騙されて襤褸を出した」

「たまさかのことです。一歩間違えれば、大事になってやす……お父上は決して、そのようなことはしやせんでした。堂々と、ええ、正面から堂々と……」

「うるせえな。そんなに親父がいいなら、とっとと親父の所へ行けよ」

「さいですか、では……」

文治は深々と一礼をしてから、ドロンと消えた。

独り言を話している徳三郎のことを、幸吉とお駒が指さして笑っている。涙ながらだが、幸せ満杯の笑い声だった。


数日後――。

料理屋『おたふく』で、徳三郎は正式に御用札を五郎八に渡した。自前ではあるが、銀色に輝く真新しい十手も授けた。

五郎八は飛び上がらんばかりに喜んで、深々と礼を言った。

「新米同士だが、親父や文治に負けないような立派な同心と岡っ引になろうな。お互い頑張ろうじゃないか」

徳三郎が頼りにしているぞと肩を叩くと、五郎八も嬉しそうに、何度も十手を帯に差したり、素早く突きつけたりしていた。

その祝いだと、寛次は腕に縒りをかけて、魚や惣菜を並べた上で、徳三郎も大好物の鰻の白焼きと蒲焼きを出した。

二階の仏壇に報告してきた桜も、安堵したのかニコニコと笑っている。

「お父っつぁんも、安心してるって」

「そうかい。そりゃ、よかったけどよ……近頃、現れないな」

と徳三郎は店内をぐるりと見廻した。

「誰が……」

桜が厨房に入りながら訊くと、五郎八の方が答えた。

「文治親分がですよ。ずっと側にいたんだってさ。文治親分、俺たちのことが心配で、あの世には行けず、この辺りにいるんだって。徳三郎の旦那だけには、ちゃんと見えるそうな」

「あ、そう……良かったね」

相変わらず、桜には見えないようだが、徳三郎も気配を感じなくなった。自分の〝逢魔が時三郎〟の感性が鈍くなったのか、本当に文治が冥途に旅立ったのか分からないが、徳三郎は寂寞とした気持ちに包まれていた。

「悪かったよ。もう、あっちいけなんて言わないからさ……まだ少し面倒見てくれよ……俺も五郎八も半人前なんだからさ」

いつものように壁に向かって話し始める。多少は慣れっこになったとはいえ、あまり気持ちの良いものではないと、桜は呆れ返っていた。

「桜さんはいつも笑うけどさ、文治は本当はおまえに見えて貰いたいんだぜ」

「はいはい。またその話？」

「実はさ、文治はその……なんというか……」

「なによ」

「その……俺の……俺の嫁のことも心配してくれててさ……」

「そうだったっけ。私にはよく、早く嫁に行けって言ってたけどね」

「誰の嫁に相応しいか、文治は話してなかったかい」

「全然。御用御用で、私のことなんか二の次だったわよ」

「そんなことはない。文治は、文治は俺と、その桜さんが……」

「まあね。姉弟みたいなものだからね。私が嫁に行ってしまったら、あんたが困るかもね」

桜は何気なく言っただけだが、徳三郎は緊張しながらも思い切って、清水の舞台から飛び降りた気持ちで言った。

「そうだよ。桜さんが嫁に行ったら、俺が困るよ。だから、どうせなら俺の嫁さんにならないか」

「はあ……？」

「話しただろ。『多度津屋』の娘と大工の話を……兄妹と思ってたけど、赤の他人だったから、一緒になれたって。だから、俺たちも……」

「なるほどね。私たちは血は繋がってないけど、ずっと姉弟のようにいようねって、言いたいんだね。分かったから、冷めないうちに食べなさいな」

差し出された鰻を見て、徳三郎はふうっと気が抜けたように、

「――文治……大好物の蒲焼きだぜ、おい……五郎八もちゃんと岡っ引にしたんだから、祝いに来てやれよ、おい……文治い……」

終いには泣き出しそうな顔になった徳三郎を、桜は本当に小馬鹿にした顔で、

「あのさあ、もうやめてくれる、それ……私、辛いからさ……」

と言ったとき、ガラッと音はしないが、格子扉を擦り抜けて、文治が入ってくるなり、十手を「おう」と掲げて、

「事件だ。半蔵門近くの町名主屋敷で、殺しだ。武家絡みだから、ややこしくなりそうだが、急いで下せえ」

「そうなのか！」

徳三郎はサッと立ち上がった。

「案内致しやす。まだ誰も知らないこってす。下手人を挙げれば、一番手柄です

よ。さあ、参りましょう」

「その前に、鰻はいいのか」

「どうせ匂いだけで、食えやせんから」

「だな……おう、五郎八。事件だ、ついて来な！」

文治が先に格子扉の向こうに消えたので、思わず追いかけた徳三郎は、

──ガシャン。

と、もろにぶつかった。

壊れそうなほど大きな音がしたが、徳三郎は照れ笑いをして扉を開けて外に飛び出していくと、五郎八も貰ったばかりの十手を掲げて駆け出した。

「──本当に大丈夫か、おい……」

寛次が苦笑いすると、桜も呆れて微笑みながら外に出て見送った。

「でも、桜さん……徳三郎さんは、本気で桜さんに惚れてるかもしれやせんよ」

「そんなバカな」

徳三郎と五郎八はあっという間に、一町ばかり向こうまで走っていっているが、桜は安全祈願にと火打ち石をコンコンと打った。

「旦那、何処へ行くんです」

「半蔵門だ」

「だったら、反対ですよ。あっちあっち」

子犬が遊んでいるように、ふたりが江戸の町中に溶けこんでいく姿を、お天道様が燦々（さんさん）と照らしていた。陽射しが眩しくて、文治の姿は見えないが、ずっとふたりを見守っていることであろう。

コスミック・時代文庫

おうまが ときさぶろう
逢魔が時三郎

2021年8月25日　初版発行

【著者】
井川香四郎

【発行者】
杉原葉子

【発行】
株式会社コスミック出版
〒154-0002 東京都世田谷区下馬6-15-4
代表　TEL.03(5432)7081
営業　TEL.03(5432)7084
　　　FAX.03(5432)7088
編集　TEL.03(5432)7086
　　　FAX.03(5432)7090

【ホームページ】
http://www.cosmicpub.com/

【振替口座】
00110-8-611382

【印刷／製本】
中央精版印刷株式会社

乱丁・落丁本は、小社へ直接お送り下さい。郵送料小社負担にてお取り替え致します。定価はカバーに表示してあります。

ISBN978-4-7747-6311-8 C0193